D1664336

Ben's Reise

Einmal Himmel und zurück

André Roll

Wort im Bild

Best. Nr. 878.978 • ISBN 978-3-88654-978-5
Verlag Wort im Bild GmbH, Altenstadt 2015
© André Roll
Lektorat: Sabine Beck, Miriam Roll
Coverfoto: fotolia/Pavel Klimenko
Druck: wortimbild-printcenter

Inhalt

Hochzeit	8
Der Schrank	17
Eine zweite Chance	25
Ein Fundament	31
Er liebt mich, er liebt mich nicht	37
Hiobsbotschaft	41
Freundschaft	49
Die weiße Kutsche	58
Abschied	68
Kinderträume	70
Versuchungen	78
Nur ein Kaffee	85
Neuanfang	90
Das muss Liebe sein	92
Epilog	94

Für meine Brüder Markus und Tobias.
Zusammen und niemals getrennt.
Ich liebe euch!

Prolog

Niemand hat gesagt, dass eine Beziehung oder eine Ehe zu führen leicht sein würde. Aber was mich erwartete, davor hatte mich keiner gewarnt und ich wusste nicht, ob Laura und ich es schaffen würden. Wenn man vom Himmel fällt, geht es weit hinunter und der Aufprall ist verdammt hart.

Hochzeit

Der Winter an Lauras Seite verging wie im Flug.
Zu zweit war einfach alles schöner und wir genossen
diese Zweisamkeit. Laura lernte meine Mom kennen
und ich ihre Familie. Ich wurde herzlich empfangen
und fühlte mich von Anfang an wohl.
Und so sagte ihr Vater dann auch direkt „Ja", als ich
ihn bei einem Glas Wein am Kamin um die Hand seiner Tochter bat.
Laura fragte ich an einem ganz besonderen Ort: dem
Turm, auf dem wir eigentlich nur aneinander vorbei-
gelaufen waren und ich sie zu spät erkannt hatte.
Der Abend war perfekt.
Es hatte geschneit und der Himmel leuchtete voller
Sterne. Da es an diesem Abend wirklich kalt war,
besorgte ich warme Decken und eine Thermoskanne
mit Glühwein und lockte sie unter dem Vorwand
nach draußen, noch eine kleine Runde spazieren
gehen zu wollen. Basti hatte ganze Arbeit geleistet
und mir geholfen. Der Turm strahlte schon von weitem im Licht der Scheinwerfer und auf jeder fünften
Stufe standen Teelichter.
Oben angekommen lagen Rosenblätter, Decken und
spielte Musik aus einem kleinen CD-Player. Ich
wusste, für Laura konnte es nicht kitschig genug
sein. Spätestens als wir oben waren, schien sie zu
ahnen, was auf sie zukommen würde.

Ich kniete mich in den Schnee, mit Tränen in den Augen erklärte ich ihr noch einmal meine Liebe und fragte die Frage aller Fragen:
„Willst Du meine Frau werden?"
Sie zögerte keinen Moment, fiel mir in die Arme und sagte von Herzen:
„Ja!"

Es war einer der glücklichsten Tage in meinem Leben. Die Wochen zogen ins Land und wir suchten Ringe aus, ein Hochzeitskleid, bei dessen Suche ich natürlich ausgeschlossen war und planten gemeinsam den großen Tag. Und dann entschieden wir uns für etwas ganz Besonderes. Laura hatte schon immer den Traum, am Strand zu heiraten und diesen Wunsch wollte ich ihr unbedingt erfüllen.
Also ging ich auf die Suche, was sich im Winter und den damit verbundenen Temperaturen als schwierig erwies. Keiner wollte im Januar zu einer Hochzeit an den Nordseestrand kommen. Was blieb mir also übrig, als die Ersparnisse zu plündern und kurzerhand mit einer kleinen Truppe aus Verwandten, Trauzeugen und unseren Pastoren auf eine der kanarischen Inseln, genauer gesagt nach Fuerteventura, zu fliegen.

Alle waren begeistert und bereits Mitte Januar ging es los, da wir es einfach nicht abwarten konnten, den Bund der Ehe zu schließen.

Unsere Unterkunft war ein Traum und lag unweit des Strandes, den wir für unsere kleine Zeremonie ausgesucht hatten.

Am Morgen der Hochzeit war ich noch etwas verkatert, da Basti und ich es am Abend zuvor bei einem kleinen Männer-Junggesellenabschied doch etwas übertrieben hatten. Die „Kurzen" ermutigten uns sogar zu nächtlichen 100m-Sprints, barfuß auf einer grob asphaltierten Straße, versteht sich.

Um nochmal kräftig zu schwitzen, entschieden wir uns am Morgen noch einen ausgiebigen Marsch auf den naheliegenden, erloschenen Vulkan zu starten.

Es war ein herrlicher Morgen, die Sonne strahlte vom Himmel und keine Wolke war in Sicht. Der laue Wind pfiff uns ins Gesicht und gut gelaunt machten wir uns auf den Weg. Als der Anstieg steiler wurde, verging uns der Spaß, aber aufgeben, bevor wir nicht oben waren, war keine Option. Endlich hatten wir es geschafft und keuchend genossen wir die Aussicht über die karge Felslandschaft, die sich weit ausgedehnt bis zum Atlantik erstreckte.

„Und du bist dir wirklich sicher, dass du Laura schon nach ein paar Monaten heiraten willst, Ben?"

„Basti, wenn ich mir nicht sicher wäre, dann wäre ich heute nicht hier. Ist lieb, dass du fragst, aber ja, ich bin mir absolut sicher. Hast du etwa Bedenken?", fragte ich.

„Nein, du weißt, dass ich Laura mag und absolut hinter dir stehe; hätte ich ein schlechtes Gefühl, dann hätte ich das Amt des Trauzeugen nicht angenommen. Es ist für meinen Geschmack zwar sehr schnell, aber ich sehe eure Liebe und wie ihr miteinander umgeht. Das passt, außerdem seid ihr beide etwas verrückt, was soll da schon schiefgehen?", sprach es und grinste über das ganze Gesicht.

Meine Gedanken wanderten zurück zu unseren ersten Begegnungen, zu meiner Unsicherheit, zu meinen Ängsten und Verletzungen, aber ich war mir sicher alles hinter mir gelassen zu haben und wusste, dass Gott zu mir stand. In ihm hatte ich den Vater gefunden, den ich nie hatte.
Bei dem Gedanken kullerte eine Träne meine Wange hinab und besorgt fragte Basti:
„Hey, alles okay?"
„Ja, ich kann mein Glück nur kaum fassen."
Schweigend standen wir nebeneinander und ohne etwas zu sagen, nahmen wir uns in den Arm, drückten einmal fest zu und stiegen dann vom Gipfel hinab, schließlich galt es, in den Hafen der Ehe zu fahren.

Nach einer ausgiebigen Dusche fuhren wir zum Strand und bereiteten alles vor. Laura und ihr Vater kamen selbstverständlich später. Etwas Klassisches wollten wir uns trotz der Umgebung doch bewahren.

Die windgeschützte Stelle am Strand war perfekt, denn zum einen lag sie etwas abseits und zum anderen führte ein langer, schmaler Sandweg zu ihr hinab.

Ich wippte nervös von einem Fuß auf den anderen und spürte den warmen Sand zwischen meinen Zehen. Die Sonne wärmte uns, meine beige Leinenhose und das weiße Hemd flatterten leicht im Wind. Und dann war der große Moment gekommen:

Laura kam am Arm ihres Vaters den langen Weg zum Strand hinab. Ich konnte meinen Augen kaum trauen: Sie trug einen Traum in weiß: ein leicht gerafftes Kleid ohne großen „Schnickschnack", sondern samtweiß und bodenlang mit einem mindestens drei Meter langen Schleier, den sie über den Sand hinter sich herzog.

Ihre langen blonden Haare waren offen und nur zwei Strähnen links und rechts gingen nach hinten: eine Frisur wie Myran sie in „Braveheart" trug, nebenbei war es meine absolute Wunsch- und Traumfrisur. Ein dezentes Make-Up, durch das man immer noch ihre zarten Sommersprossen sah, vollendeten das Gesamtwerk.

Sie wirkte einfach wie eine weiße Göttin und die Zeit verging wie in Zeitlupe, bis sie endlich vor mir stand und mir lächelnd einen zarten Kuss auf meine Wange hauchte.

Ich war sprachlos, schon jetzt kullerten die Tränen der Freude über mein Gesicht und versanken im weichen Sand.

Dann begann die Hochzeitszeremonie mit einer kleinen Andacht und einer tollen Ansprache unserer Pastoren.
Es ging um ein Fundament in der Ehe, um Zusammenhalt und darum, den anderen immer höher zu achten als sich selber. Meine Augen wanderten ständig wieder zu Laura und ich konnte mein Glück einfach nicht fassen. In wenigen Momenten würden wir den Bund der Ehe schließen, um als Mann und Frau diesen Strand zu verlassen. Nachdem wir die Segensgebete unserer Eltern empfangen hatten, kam es dann endlich zum Ringtausch und unseren gegenseitigen Versprechen.

Meines lautete:
„Liebe Laura, wenn mir vor einem Jahr jemand gesagt hätte, dass ich dich heute heiraten darf, ich hätte ihn für verrückt erklärt. Du bist das Beste was mir jemals passiert ist. Mein Leben heute mit deinem zu verbinden, soll eine Entscheidung sein, die ich nie in meinem Leben widerrufen will. Ich will dich lieben und ehren und dir immer wieder das Gefühl geben, dass du die schönste und einzigartigste Frau auf der ganzen Welt bist. Ich möchte für dich sorgen und dir deine Wünsche von den Augen able-

sen. Mit all meiner Kraft werde ich dich beschützen und wäre jederzeit bereit mein Leben zu geben, um deines zu retten. Danke für deine Liebe, Wärme und Zuneigung. Ich bin dein für immer."

Das waren starke, taffe Worte und jetzt bekam auch meine Braut und, ich meine, selbst Basti feuchte Augen, er schob es zwar später auf die Sonne, die ihn geblendet hatte, aber ich kannte meinen Freund einfach zu gut.

Dann sprach Laura Worte, die sich ins Innerste meines Herzens brannten und all ihre Liebe, aber auch ihre Verletzlichkeit spiegelten. Ich wusste, dass es eine Herausforderung werden würde, die ich aber zu diesem Zeitpunkt als Klacks ansah. Ich wusste noch nicht, was alles passieren würde und welchen Herausforderungen wir uns schon bald stellen mussten.

Unsere Worte wurden besiegelt und wir wurden zu Mann und Frau erklärt. Dann fielen zuerst wir uns und sich parallel auch alle anderen um den Hals: Gratulationen und Küsse, kleine Geschenke und Herzlichkeiten. Es war wunderbar.

Da allen warm geworden war, beschlossen einige sich ihrer Klamotten zu entledigen und in Unterwäsche ins Meer zu springen. Ich wollte dabei sein und nach den ersten Schnappschüssen warf ich mich in die Fluten. Dann machten wir am Strand, an einer alten Ruine und einem weißen Windrad noch viele schöne Erinnerungsfotos. Abends ging es dann in ein gutes Restaurant in einem kleinen Fischerdorf und

wir ließen uns die lokalen Spezialitäten und den Rotwein schmecken.

Meine Mom wollte es sich nicht nehmen lassen und
trotz geringer Englisch-Kenntnisse selbst ihr
Getränk bestellen. In ihrer typischen Art klang das
dann so: „ Für mich ein großes Alster bitte."
Wir lagen vor Lachen fast unter den Tischen.
„Mom", sagte ich, „du kannst nicht einfach davon
ausgehen, dass hier jeder Deutsch spricht, wir sind
schließlich auf einer zu Spanien gehörenden Insel."
Dass dieses zu einem Running Gag werden sollte,
wussten wir zu diesem Zeitpunkt noch nicht.
Es war ein wundervoller Abend, der erst endete,
nachdem Laura und ich uns noch stundenlang
geliebt hatten. Erschöpft schliefen wir erst im Mor-
gengrauen ein.
Die nächsten Tage vergingen wie im Flug und nachdem wir wieder im Lande waren, wurde die Hochzeit
nochmal im Kreis aller Freunde ausgiebig gefeiert.

Es war ein wunderschön dekoriertes Restaurant und
die Freunde und Familie hatten geholfen alles
bestens vorzubereiten: schöne rote Rosen, weiße
Kerzen und ein Büfett zum Schlemmen.
Als bereits alle Gäste eingetroffen waren, fuhren wir
zuletzt vor und betraten unter tosendem Applaus
den Laden. Es war herrlich; alle Freunde und Fami-
lienmitglieder von nah und fern zu sehen.

Zur Einstimmung zeigten wir den Film unserer Trauung, um auch den Hochzeitsgästen das einzigartige Feeling unserer Strandhochzeit zu vermitteln.

Dann wurde uns gratuliert und nach dem Essen sorgte eine spanische Band mächtig für Stimmung.

Vorher war natürlich der klassische Hochzeitstanz an der Reihe, dieser blieb aber nicht lange klassisch, sondern wurde von Laura und mir nach einer Minute von Michael Jacksons und Rihannas Musik und unserer lustigen Tanzeinlage unterbrochen.

Spät in der Nacht gingen alle zufrieden und berauscht von unserem tollen Fest nach Hause.

Das alles war nun sechs Monate her und der Alltag war schneller eingekehrt, als uns lieb war.

Was, Gott sei Dank, nie wieder auftrat, war Lauras Krankheit. Sie war tatsächlich geheilt!

Ein Grund zum Danken. Das taten wir auch immer wieder ausgiebig, aber allzu schnell nahm man es dann doch wieder als selbstverständlich und verstrickte sich in die Probleme des Alltags.

Der Schrank

Als ich an diesem Morgen, nur mit einer Jogginghose bekleidet auf der Veranda stand, schloss ich die Augen und atmete tief ein. Ich streckte mich und ließ, mit einer dampfenden Tasse Kaffee in der Hand, meinen Blick über die Baumwipfel des naheliegenden Waldes schweifen. Die Sonne ging langsam auf und obwohl es in der letzten Nacht seit Tagen mal wieder geregnet hatte, versprach es trotzdem ein weiterer warmer Sommertag zu werden. Ich konnte nicht mehr schlafen und stand nun in Gedanken versunken da.

Was war passiert, seit Laura und ich im letzten Frühjahr geheiratet hatten? Wo waren unsere Liebe, unsere gemeinsame Fröhlichkeit und Spontanität?
Am Anfang war alles so wunderschön gewesen. Nachdem wir uns endlich wieder hatten, schien das Leben endlich wieder einen Sinn zu haben. Aber als wir gemeinsam unsere erste Wohnung suchten, fingen die Schwierigkeiten schon an: Warum, bitte, hat Gott den Mann und die Frau so unterschiedlich gemacht?
Okay, ich könnte jetzt Romane und Gedichte über den weiblichen Körper schreiben; Laura ist ein Musterbeispiel der Perfektion und Kreativität Gottes und allein dieses komplexe Wunderwerk aus Schönheit, Eleganz, Anmut, Ästhetik und Feinheit lässt

mich an einen Gott glauben. So etwas kann nicht aus dem Nichts entstehen.

Tja, aber irgendwie kommen eben auch Eigenschaften hinzu, die mich zum Rasen bringen. Ja, auch ich mag es gemütlich zuhause. Ich kenne die Deko-Läden wie Butlers, Depot, Innovation Strauss, ich kenne auch die Online Shops von Amazon und Impression. So weit, so gut. Ein bisschen hier, ein bisschen da ist ja auch nett und wenn man denkt, man hat alles und vor allem, es steht alles am rechten Fleck, was passiert dann?

Dann musste unser 3,20m-Kleiderschrank alleine von Laura von der linken Zimmerseite auf die rechte geschoben werden! Es muss ihr dabei eine geheime Kraft geholfen haben.

Der Schrank ist breit, hoch, tief und vor allem: schwer! Bei drei Flaschen ist normalerweise Lauras Kapazität der Belastbarkeit am Limit, am Schrank aber ist sie unerschöpflich gewesen.

Wo wir schon beim Wasser sind: Warum trinken Frauen eigentlich neuerdings immer „stilles" Wasser? Stiller werden sie dadurch selbst nicht oder ist es, weil man da nicht so von „aufstoßen" muss? Hey, come on: Laura rülpst nach stillem Wasser lauter als ich nach einer eiskalten Flasche Cola.

Aber, zurück zum Schrank: Ich fragte Laura also an dem Abend, ganze sechs Monate nach unserem Einzug:

„Schatz, warum hast du den Schrank umgestellt, der stand doch perfekt? Aber halt, vor allem: Wie hast du das bewerkstelligt? War dein Vater etwa zu Besuch?"

„Ach, ich habe ihn einfach geschoben, weil ich mal sehen wollte, wie der sich an der andern Seite macht."

Hatte sie das tatsächlich gesagt?

„Du wolltest sehen, wie der auf der anderen Seite aussieht? Aber warum, um Himmels Willen? Was ist an der linken Wand anders als an der rechten?"

„Dann sind neben dem Schrank fünf Zentimeter mehr Platz", verteidigte sie sich.

Ich verließ genervt das Zimmer und machte mir ein Bier auf. Ich ging über die Veranda in den Garten. Ich musste allein sein. Frauen sind einfach unfassbar. Dass der Schrank sich seit der Aktion auf einer Seite nicht mehr richtig öffnen und schließen ließ, lag natürlich nicht an ihrer Aktion, sondern an dem unebenen Boden!

Wie so oft, wenn ich es zuhause nicht mehr aushielt, weil wir wieder gestritten hatten, ging ich in die Natur.

Zum einem, weil ich allein war und abschalten konnte, zum anderen, weil es eine Art Ritual geworden war, um Gott zu begegnen. Irgendwie hatte sich unsere Beziehung seit der Zeit in Rhodos und den Monaten danach intensiviert. Es gab aber auch hier ein Auf und Ab. An diesem Tag rechnete ich nicht mit ihm, obwohl ich ihm einiges zu sagen gehabt hätte.

Ich stand also mit Gummistiefeln in der Mitte des kleinen Flusses und angelte. Der Fluss lag nur wenige Minuten entfernt und war ein absoluter Geheimtipp unter Fliegenfischern. Äschen, Bachforellen und manchmal auch eingesetzte kleinere Lachse bissen hier. Es dämmerte bereits und eine dünne Nebelbank legte sich über die Auen des Flusses. Von Ferne hörte ich einen Kauz rufen und über mir schwebte seit einiger Zeit mit langsamen Flügelschlägen ein Bussard.

Unwillkürlich musste ich an meine Kindheit denken, in der wir oft mit meinem Stiefvater angeln gewesen waren. Die Tage und Nächte am Wasser waren eines der wenigen Highlights, an die ich mich gerne erinnerte. Das waren Zeiten, in denen ich Kind sein durfte. Mit einer selbstgebastelten Angel aus einem Stock und einem Faden zog ich eines Morgens einen echten Aal aus dem Wasser. Mann, war ich stolz! Dass mein Stiefvater und mein Onkel meine Angel nachts entsprechend präpariert hatten, spielte keine Rolle. Wir ließen Steine über das Wasser springen und machten stundenlange Ausflüge über Wald und Wiesen. Abends wurde gegrillt und sich dann in die Schlafsäcke gekuschelt.

Als ich nun selbst im Wasser stand und bei untergehender Sonne meine Schnur über das Wasser fliegen ließ, überkam mich plötzlich eine lang verdrängte Traurigkeit. Gesprächsfetzen schossen mir plötzlich durch den Kopf:

Lass mich das machen, du kannst das nicht!
Wer von euch war das: wer ist da in den Tannen der Nachbarn rumgeklettert und hat Äste abgebrochen?

Die Bilder von mir und meinen Brüdern tauchen bildlich vor mir auf. Verheulte Gesichter, die wieder einmal geschlagen worden waren für Dinge, die Kinder angeblich nicht machen sollten.

Bestrafungen, Regeln und Verbote hatten meine Kindheit geprägt und als mittlerer von insgesamt drei Kindern kamen Liebe und Zuneigung oft zu kurz.

Und nun stand ich selbst im Fluss und angelte, wie mein Stiefvater es immer getan hatte und kämpfte gegen aufkommende Wut und Tränen, die sich ihren Lauf suchen wollten.

Ich stieg aus dem Wasser und ließ mich ins feuchte Gras sinken. Ich konnte es nicht mehr halten und schrie in den Abendhimmel:

„Warum, Gott?
Warum musste meine Mutter noch einmal heiraten und ich diesen Stiefvater bekommen?"

Ich wusste, dass die Antwort nicht lange auf sich warten lassen würde. Ich sollte Recht behalten, als sich der Nebel plötzlich verdichtete und die Vögel, die grade noch fröhlich um mich herum trällerten, verstummten.

Ich wusste, ER war da. Und dann kam der leise Wind, der mich erschaudern ließ und die Stimme, die mir mittlerweile vertraut schien:

„Ben, ich bin hier. Ich bin jetzt dein Vater und kann dir eines sagen: Es war nicht mein Wunsch, dass du diese Kindheit hattest und ich habe mit dir gelitten, geweint und getrauert."

Bilder tauchten im Nebel auf, Bilder, die ich sonst nur aus der Bibel kannte. Jesus, der von Soldaten hin- und hergeschubst, der angespuckt und getreten wurde. Dann, wie jemand eine Dornenkrone in die Luft streckte und diese donnernd mit Stockschlägen auf Jesu Kopf niederließ. Blut strömte und dazwischen erschienen Bilder meiner Kindheit. Stockschläge, die auf meinem Hintern landeten und breite Striemen hinterließen. Schallende Ohrfeigen, die das Trommelfell vibrieren ließen und dann wieder Jesus, der am Kreuz hing und der lange Nägel durch Hände und Füße genagelt bekam.

Und dann wieder die sanfte, mir bekannte Stimme:

„Ben, ich kenne deinen Schmerz, deine Wut und deine Einsamkeit. Die Welt, in der du lebst, hat sich weit von dem entfernt, was ich einmal mit ihr vorhatte. Aber es gibt Hoffnung; denn als ich dort am Kreuz für dich starb, habe ich den Zugang frei gemacht, damit du einmal ewig leben darfst, in Frieden und ohne Tränen oder Trauer. Dann wird das hier alles vorbei sein. Solange aber verspreche ich dir eines: Egal, was passiert, egal, was Menschen dir antun, ich werde es immer gut mit dir meinen, ich werde dich immer lieben und ich werde dich nie wieder alleine lassen."

Der Nebel lichtete sich und ich hatte plötzlich einen freien Blick auf den Himmel. Die Sterne funkelten und meine Tränen versiegten. Ich wusste, dass es nicht Gottes Schuld war. Dass das, was ich erlebt hatte, Menschenhände geschaffen hatten und nun war ich in Sicherheit.

Ich merkte, wie ich langsam zur Ruhe kam und packte meine Sachen zusammen. Auf dem Heimweg wusste ich, es war auch zuhause Zeit zur Versöhnung mit Laura.

Unsere Meinungsverschiedenheiten schienen mir plötzlich ganz klein. Und so beschloss ich, in Zukunft immer wieder meine Sicht der Dinge zu überprüfen: Was hat diese Situation, diese Meinungsverschiedenheit für einen Einfluss auf mich? Wie würde ich diese Situation in zwei Tagen beurteilen, in zwei Monaten oder vielleicht sogar in zwei Jahren? Das hatte ich mal in einem Buch eines Freundes gelesen. Und es wirkte, da plötzlich viele Dinge so verschwindend klein wurden, dass es sich eigentlich nicht lohnte, sich darüber aufzuregen oder gar zu streiten. Und ich war froh, Laura an meiner Seite zu wissen: einen Menschen der mich liebte. Sie war behüteter aufgewachsen als ich; das machte mich aber in diesem Moment nicht neidisch, sondern froh, weil ich wusste, was ihr erspart geblieben war.

Meine Schwiegereltern waren das Beste, natürlich nach Laura, was mir passieren konnte.

Zuhause angekommen, nahm ich mir noch fest vor, ihr das am nächsten Morgen zu sagen. Leise schlich ich mich ins Schlafzimmer und gab Laura noch einen sanften Kuss auf die Stirn. Ich musste unwillkürlich grinsen, als ich den Schrank sah.

Ich wollte nur mal sehen wir der auf der anderen Seite aussieht, klang es wieder in meinen Ohren. Ach, herrlich diese Frau!

Dann drehte ich mich um und seufzte zufrieden.

Eine zweite Chance

Aufgrund der Geschehnisse am Abend konnte ich aber nicht direkt einschlafen und wälzte mich von der einen auf die andere Seite.

Ich schaute auf die Uhr und musste erschrocken feststellen, dass mir nur noch ein paar Stunden Schlaf blieben, bis mir dann aber endlich doch die Augen zufielen.

In Träumen verarbeitet man die Dinge des Tages, so heißt es, und so war ich nicht verwundert, als ich mich in meinem Traum auf den Weg zu meinem Schwiegervater machte. Ich dachte mir im Traum nichts dabei, dass der Wagen, in dem ich saß, gar nicht meiner war und, dass wir eine Abzweigung nahmen, die nicht der richtige Weg sein konnte.

Als der Wagen plötzlich hielt, stieg ich wie selbstverständlich aus, um erst dann zu merken, dass ich woanders gelandet war. Es war stockdunkel und nur aus der Ferne drang ein leises Piepen an mein Ohr. Ich versuchte es zu orten und bewegte mich langsam darauf zu. Ich ging in ein Gebäude, fuhr mit einem Fahrstuhl und stieg wie von selbst auf der vierten Etage aus. Das Piepen wurde lauter und als plötzlich Menschen in weißen und blauen Kitteln hektisch an mir vorbeiliefen, wurde mir zum ersten Mal bewusst, dass ich in einem Krankenhaus sein musste. Plötzlich wurde mir übel und ich ging schneller auf das

Piepen zu. Eine große, schwere Tür verschloss mir den Weg und ich brauchte alle Kraft, um diese zu öffnen. Ich betrat das Zimmer und mir blieb fast der Atem weg.

Fassungslos stand ich vor einem Bett, in dem ein Mann lag. Um ihn herum lauter Geräte, die wild blinkten und piepsten.

„Schnell, den Zugang legen, Puls nur noch bei 80 zu 50, wo bleibt die Infusion?" Hektisch versuchten zwei Ärzte und drei Krankenschwestern alles gleichzeitig zu machen. Ein Beatmungsschlauch wurde gelegt, Spritzen wurden aufgezogen und der Defibrilator stand für den Notfall bereit.

„Geht das hier nicht ein bisschen schneller?", schrie einer der Ärzte die Krankenschwestern an.

„Der Mann stirbt uns hier noch unter den Händen weg."

„Sofort das Reserve-Antibiotikum, volle Ladung."

Ich zählte einen Atemschlauch, Zugänge am Hals und an der Hand, sowie vier verschiedene Medikamente, die intravenös verabreicht wurden. Zudem blinkten auf zwei Monitoren endlose Zahlenreihen und Kurven. Der Patient bekam von allem wenig mit, so schwach schien er zu sein.

Als sie ihn von der Seite auf den Rücken drehten, wurde mir kurz schwarz vor Augen:

Es war mein Schwiegervater, der in dem Bett lag.

Ich versuchte zu reden und zu fragen, was los wäre, aber niemand hörte oder sah mich.
Ich wollte schreien, „Papa, was machst du, was ist hier los?", aber mein Mund blieb stumm.

Mein Schwiegervater ist ein toller Mann, so wie der Vater, den ich mir immer gewünscht hatte. Er war klug, witzig, ein guter Handwerker, der alles reparieren konnte und er liebte seine Kinder.

Am Tag der Hochzeit mit Laura überraschte er mich und schaffte es, dass ich vor Freude und Stolz weinte, als er in seiner Ansprache sagte:
„Mein lieber Ben, heute habe ich nicht meine Tochter verloren, sondern ich habe einen Sohn dazugewonnen. Herzlich willkommen in unserer Familie."
Und es waren keine hohlen Worte, sondern von dem Tag an war er mein Vater und sein Haus meine Heimat. Seine E-Mails an mich unterzeichnete er mit „Papa" und ließ mich immer wieder spüren, dass er mich liebte. Wenn ich mit Laura stritt, waren die Schwiegereltern unparteiisch und als ich von meinen Ängsten, Problemen und meinen Fehlern sprach, war das einzige, was meine Schwiegermutter sagte:
„Ben, danke für deine Offenheit. Wir versuchen dir zu helfen, so gut wir können und sei dir gewiss wir lieben dich deswegen kein bisschen weniger." Das waren Worte, die ich niemals in meinem Leben vergessen würde. Niemals.

Als ich nun am Fußende des Bettes stand, in dem mein Schwiegervater lag, legte sich plötzlich eine Hand auf meine Schulter und ohne mich umzudrehen, wusste ich, wer mich berührte.

„Ben und nun zeige ich dir das, was die Ärzte und Schwestern nicht sehen."

Es war wie eine Folie, die sich vor meine Augen schob und die mich eine weitere Dimension sehen ließ.

Alles war gleich: Das Bett, die Schwestern, mein Schwiegervater, die Geräte. Aber etwas hatte sich doch verändert. Neben den bekannten Gesichtern sah ich nun zwei Engel, die im Zimmer waren. Einer war dabei, der Schwester den Namen des Medikamentes zu flüstern, das sie als nächstes aufziehen musste. Ein anderer rief dem Arzt wieder den Gedanken in Erinnerung, in welcher Situation dieser schon einmal mit solch einem Krankheitsbild zu tun gehabt hatte. Zwei Engel standen neben dem Bett, hielten die Hand meines Schwiegervaters und kühlten seine Stirn.

Wieder andere achteten auf die Geräte und ließen die Kurven nicht aus den Augen.

Wurde etwas Unregelmäßiges entdeckt, tippte einer die Krankenschwester an, die sofort den Blick auf den Monitor richtete, ehe dieser überhaupt zu piepsen begann. Keiner bekam diese besondere Hilfe mit, aber allmählich machte sie sich bemerkbar und alle konnten routiniert ihre Arbeit verrichten und schon bald hörte ich die Ärzte sagen:

„130/90, wir haben ihn stabil. Fertig machen zur Not-OP."

Langsam zog mich die Hand auf meiner Schulter aus dem Zimmer und plötzlich hörte ich meinen Namen.

„Ben, Ben, steh endlich auf!", schrie Laura mir ins Ohr.

Ich schlug die Augen auf und sah sie an.

Ihre Augen waren rot unterlaufen und Tränen liefen Ihre Wangen hinab.

„Ben, mein Vater liegt im Krankenhaus und musste operiert werden."

Ich setzte mich auf und nahm sie in den Arm:

„Ich weiß, mein Schatz, ich weiß. Aber alles wird gut. Er und seine Helfer sind da."

Ich erzählte ihr, was ich geträumt hatte und sie sah mich nur verwundert an. Das einzige, was sie raus brachte war:

„Das gibt es doch gar nicht, genauso war es. Die OP ist ohne Probleme verlaufen und nun versuchen sie alles, um Papa zu stabilisieren."

Ich war selbst erstaunt, wie Gott einen auf so eine krasse Situation in einem Traum vorbereiten konnte und wie ich so eine wahre Stütze für Laura und ihre Familie sein konnte.

Die nächsten Wochen waren von Krankenhausbesuchen und Alltagsbewältigung gezeichnet. Die Situation ließ uns vergessen, welche vermeintlichen Proble-

me wir hatten. Im Angesicht des Todes, bei dem man einen seiner engsten Verwandten verlieren könnte, erscheinen viele Dinge in einem anderen Licht.
Leider hält diese Erkenntnis oftmals nicht sehr lange an.

Mein Schwiegervater wurde vollständig gesund und Laura war erleichtert. Sie fragte mich in dieser schweren Zeit oft nach meinem Verhältnis zu Gott und ich erzählte ihr von allen Wegweisungen, die ich auch im Vorfeld unserer Beziehung erlebt hatte.
Ich sprach zwar über meine Erlebnisse, Träume und Visionen, aber wie erklärt man einem Menschen diese übernatürlichen Begegnungen und Gespräche?

Ein Fundament

Einige Wochen später war es mal wieder soweit und ich vermisste die Gespräche mit Gott. Als wir bei Freunden zu Besuch waren, war es aber wieder einmal an der Zeit, Kontakt zu haben. Ich hatte das Gefühl, er wollte zu mir sprechen.

Hier Gott?, fragte ich in mich hinein.

Ich meine, diese Umgebung war sonst nicht der Ort, wo Gott zu mir sprechen könnte. Ich befand mich im niedersächsischen Flachland, inmitten einer Neubausiedlung, umgeben von halb angelegten Gärten, Familienkutschen und Geräteschuppen.

Markus hatte sich seinen Traum erfüllt und war mit Frau und zwei Kindern in eine Kleinstadt gezogen. Er war seit der fünften Klasse einer meiner besten Freunde und neben Basti derjenige, der mich quasi durch mein Erwachsenwerden und die Irrungen und Wirrungen der ersten Liebe, kommende und gehende Beziehungen begleitet hatte und mit dem ich mich wirklich nur einmal gestritten hatte. Bezeichnend war, um was es ging: eine Frau.

Aber zwischen eine Männerfreundschaft passt niemand und so dauerte es einen ganzen Tag und alles war vergessen. Heute noch lachen wir über diese Geschichte und sie wird fast immer erzählt, wenn wir uns mal wieder treffen, was leider aufgrund unserer weit auseinanderliegenden Wohnorte viel zu selten war.

Nun war es, Gott sei Dank, mal wieder soweit und da alle noch schliefen, konnte ich in Ruhe den Morgen beginnen.

Das Wetter war zum Träumen: Ein strahlend blauer Himmel und eine mich wärmende Sonne gefielen mir, als ich mit meiner Tasse Kaffee zum Aufwachen auf der Terrasse stand. Aber hier Gott begegnen? Es war einfach schon wieder so lange her. Trotzdem unternahm ich einen zaghaften Versuch:
„Hey, Papa, was liegt an?"
Ein sanfter, warmer Windhauch am sonst windstillen Tag inmitten dieser Siedlung umstrich meine Beine, meine Arme und meine Haare. Sofort bekam ich eine Gänsehaut und das lag nicht am Wetter. Ich wusste: ER war wieder da.

Also setzte ich mich in einen Liegestuhl und schloss die Augen. Ich begann halb denkend, halb vor mich hinmurmelnd alles bei meinem Vater abzuladen, was mich in den letzten Wochen und Monaten belastete: die stressvolle Arbeit, die Probleme meiner jungen Ehe und alle meine Zweifel. Hatte ich wirklich die richtige Entscheidung getroffen, Laura nach so kurzer Zeit zu heiraten? Waren wir wirklich beide bereit für diesen Schritt gewesen? Ich meine, trotz der Kürze unserer Beziehung hatten wir schon viel durchgemacht: ihre Krankheit, das Auf und Ab in der Kennenlernphase.

Klar, in guten wie in schlechten Tagen lässt sich leicht sagen, aber waren wir wirklich für alles gerüstet? Waren die Beziehung und das Fundament, was sie tragen sollte, stark genug?

Ich war entmutigt und Unsicherheit versuchte sich breit zu machen.

Doch dann sprach Gott:

„Ben, mein Sohn, erst einmal freue ich mich, dass du mit mir redest und alles zu mir bringst. Ich habe versprochen, bei dir zu sein, für mich ist kein Problem zu klein und kein Problem zu groß. Ich bin der Anfang und das Ende, das Alpha und das Omega, ich bin der Schöpfer der Welt, in der du lebst. Es ist normal dass diese Gedanken dich treffen und du zweifelst. Es ist nur die Frage, wie du damit umgehst.

Steh bitte einmal auf, Ben!"

„Wie jetzt, aufstehen?" Ich war gewohnt, dass Gott in Träumen zu mir spricht, durch Gedanken, aber nun sollte ich real aufstehen? Aus dem gemütlichen Stuhl?

Widerwillig erhob ich mich und fragte leise:

„Bitteschön, was nun?"

„Geh um das Haus."

Ach Gott, komm schon, rumorte es in mir, warum soll ich bitte um das Haus gehen? Es ist ein Haus unter vielen hier in der Ecke und ich bin nicht geduscht, meine Haare waren nicht gewaschen, im Schatten war es noch kühl und wer weiß, was die

Nachbarn denken?

„Geh um das Haus", war das einzige was ich zu hören bekam.

Murrend und schlurfend zog ich also los und umrundete das neu gebaute, rot verklinkerte Haus.

„Was sieht du, Ben?"

Das war jetzt nicht sein Ernst; der, der alles sah, der der alles wusste, fragte mich, was ich in meinem zweidimensionalen Blickwinkel sah?

„Ich sehe ein Fundament, Mauern, Fenster, Dreck, eine Erdmasse, die mal ein blühender Garten werden soll und Nachbarn, die hinter den Gardinen stehen und wahrscheinlich denken, dass ich sie nicht mehr alle habe."

„Gut, Ben, dass du sie nicht mehr alle hast, wissen wir beide, darum liebe ich dich ja auch so sehr, aber konzentrier dich auf das Haus."

Das erste Mal an diesem Morgen musste ich grinsen, ich hatte schon wieder seinen trockenen Humor vergessen.

„Gott, du weißt, dass ich zwei linke Hände habe und du willst über Hausbau mit mir sprechen", sagte ich nun schon mutiger, als ich das dritte Mal um das Haus zog.

„Ben, es geht nicht darum, was du siehst, sondern darum, was du nicht siehst. Das Haus hat unter der Erde ein starkes Fundament und das hält das Haus zusammen. Es ist beständig und wird dafür sorgen, dass dieses Haus auch in 100 Jahren noch steht. Und jetzt kommt meine Message an dich: Ich bin der, der das Fundament deiner Ehe mit Laura gebaut hat. Wenn ihr bei mir bleibt, auf diesem Fundament, können weder Sturm, Regen, Hagel, Schnee, ja selbst ein Erdbeben dieses Fundament zerstören. Ich habe euch beide bewusst ausgesucht, euch zueinander geführt und eure Liebe geweckt, trotz aller Verletzungen, die ihr erlebt hattet. Also bitte glaube mir, dass ich fest zu euch stehe, euch nie alleine lasse und auch in 100 Jahren noch da bin!"

Ich stutzte innerlich, das war tatsächlich kein schlechtes Beispiel. Irgendwie beschäftige ich mich immer mit den sichtbaren Problemen, statt auf das starke Fundament zu schauen. Und eigentlich, wenn man es so betrachtete, hat unsere Geschichte gerade durch all die Schwierigkeiten zu Beginn unserer Beziehung dieses Fundament bekommen.

„Ben, schau in den Himmel und sieh all die kreuz- und querlaufenden Kondensstreifen der Flugzeuge. Auch sie sehen aus wie unkoordiniert und doch verfolgt jede dieser Linien ein klares Ziel.

So ist es auch in der Ehe:

Es geht mal nach links, mal nach rechts, mal auf und mal ab. Wichtig ist es, gemeinsam auf der Reise zu sein und die gleichen Ziele anzusteuern."

Das leuchtete mir ein und ich dankte Gott für diesen morgendlichen Anschauungsunterricht. Irgendwie konnte er es so erklären, dass selbst ich es verstand.

„Ach, und eins noch, Ben: Sag doch bitte deinen
Freunden, die Terrasse könnte etwas breiter sein,
wie soll man denn da zu acht sitzen!"
Ich schmunzelte, Wahnsinn, was Gott alles sah. Mit
den Gedanken an ein starkes Fundament schloss ich
die Augen, nicht ahnend das dieses Fundament in
den nächsten Monaten noch sehr schweren Belas-
tungen ausgesetzt werden würde.

„Er liebt mich,
er liebt mich nicht"

Ich versuchte, mich auf dieses Fundament zu stützen und unserer Liebe neuen Schwung zu geben.

Nun, ich fragte mich in dieser Zeit auch immer wieder, warum unsere so junge Liebe neuen Schwung brauchte.

Konnte es sein, dass das, was war, keine Liebe war? Dass die Liebe nicht stark genug war und wir doch zu hastig und überstürzt geheiratet hatten?

Alle diese Fragen schwirrten in meinem Kopf, als ich mal wieder spazieren ging, weil ich es abends zuhause nicht aushielt.

Was hatten wir in den letzten Wochen nicht alles probiert:

Ich hatte ein Romantik-Dinner auf unserer Terrasse veranstaltet und ein wirklich fabelhaftes Fünf-Gänge-Menü zusammengestellt:

Es gab Mango mit Mozzarella an einem fruchtigen Balsamico, dann eine Tomatencremesuppe mit Croûtons, zum Hauptgang ein Thai-Curry und einen Salat mit Rinderfiletstreifen.

Den krönenden Abschluss bildete eine selbstgemachte Eistorte mit Tischfeuerwerk.

Ich hatte Stunden in der Küche zugebracht und den Tisch wie eine Festtafel gedeckt.

Es gab einen Vorspeistenteller, eine Suppenschüssel, einen Salatteller und das Curry kam in kleinen, heißen Pfannen. Dazu Gläser für Wasser, sowie Weiß- und Rotwein. Es sollte einfach ein perfekter Abend werden und so strahlte unsere Terrasse auch in diversen Pastelltönen aus kleinen Lampions und zahllosen Kerzen.

Das weiße Sonnensegel hatte ich extra nochmal geschrubbt und neu gespannt, der kleine Holztisch, an dem wir saßen, war frisch lackiert.

Besser konnte ich es meiner Meinung nach nicht treffen.

An diesem Abend begleitete ich Laura also nach draußen und war gespannt auf ihren Blick.

Ich musste zu meinem Erstaunen feststellen, dass sie wie versteinert dastand und sich erst nach einer Weile schweigend setzte.

Das war nicht das, was ich erwartet hatte.

Keine Jubelschreie, kein mir um den Hals fallen? Was war los?

Ich hatte große Lust, alles wieder abzuräumen, konnte mich aber gerade noch zusammenreißen und servierte die Vorspeise. Schweigend saßen wir uns bei untergehender Sonne gegenüber, ich legte ihr eine Decke um die Schultern und wir aßen so vor uns hin.

Nach der Suppe konnte ich das Schweigen nicht mehr aushalten und es platzte aus mir heraus:

„Sag mal, was ist es diesmal? Schmeckt es dir nicht, hab ich die falsche Farbe der Tischdecke gewählt oder stinke ich nach Schweiß?"

Sie sah mich mit ihren großen Augen an:

„Nein, Ben; es ist alles perfekt und ich danke dir sehr.

Besser hättest du nichts von alledem machen können, aber ich vermisse dich. Meinen Mann, dein Herz, deine Nähe und dieses Gefühl, dass wir zusammen unbesiegbar sind.

Sind wir das noch, sind wir noch ein Team, Ben?"

Mit dieser Frage hatte ich allerdings nicht gerechnet. In Gedanken versunken, schenkte ich mir noch ein Glas Rotwein ein und nippte am Glas. Ich wusste, dass Laura mit ihrer Frage recht hatte.

Scheiße, Mann, waren wir noch ein Team?

Ich wusste nicht, was ich darauf sagen sollte und starrte sie an.

Ich sah die Traurigkeit in ihren Augen. Sie schien so nah und doch so fern und ich wusste, dass ich sie nun halten musste, um sie nicht zu verlieren.

Mir fiel der Tipp ein, den sie mir mal gegeben hatte: In den Arm nehmen und festhalten, hilft fast immer.

Also tat ich es instinktiv und setzte mich neben sie, sah sie an und drückte sie ganz fest an mich.

So saßen wir da und schütteten uns nach einer Weile unsere Herzen aus. Seit langem mal wieder ließen wir den anderen bis auf den Grund unserer Herzen sehen und wir lachten und weinten zusammen.

Die Stimmung löste sich endgültig bei der dritten Flasche Wein und erneut waren wir dankbar aufs Land gezogen zu sein; denn irgendwann konnten wir nicht mehr sitzen.

Ich zog die Boxen auf die Terrasse und zwischen den Lampions hämmerten bald die Schlagerhymnen von Helene Fischer durch die Nacht.

Wir zogen unsere Schuhe aus und tanzten auf dem Tisch, jeder eine Fleische Wein in der Hand und langsam lösten sich die ganzen Verkrampfungen der letzten Monate. Immer wieder fielen wir uns in die Arme und irgendwann ließen wir uns nicht mehr los, sondern versanken knutschend zwischen den Dekken und Kissen unserer Lounge Möbel.

Irgendwann hatten wir nichts mehr an und nach einem tiefen Blick in die Augen des anderen wussten wir, dass das Verlangen bei beiden keine Grenzen mehr hatte.

Die Waffen waren beiseite gelegt, man hatte sich ergeben und wir genossen uns nur noch zu den Klängen von „Atemlos". Es war wie beim ersten Mal. Ihr Gesicht in meinen Händen schwor ich ihr nochmal meine Liebe und Zuneigung.

Sie sagte nichts, aber die zarte Träne, die ihre Wange hinunterlief, sagte alles.

Wir waren, zumindest vorerst, wieder ein Team, das bald erneut auf eine harte Probe gestellt werden sollte.

Hiobsbotschaft

Als die Diagnose kam, haute es mich für einen Moment um.
Meine Mutter hatte Krebs!

Eine lebenslustige Frau mit 64 Jahren bekam von heute auf morgen eine der schlimmsten Diagnosen, die man sich vorstellen konnte.

Ich fasste es nicht!
Meine Mutter? Krebs? Unmöglich.
Was hatte sie in ihrem Leben nicht alles durchmachen müssen:
Eine erste frühe Ehe scheiterte nach kurzer Zeit.
Mein Erzeuger, ein dem Alkohol zugeneigter Draufgänger, schenkte ihr zwar drei gesunde Söhne, aber noch mehr schlaflose Nächte und Affären, bis er, als wir Kinder alle noch sehr klein waren, plötzlich mit Mitte 30 starb.

Was für ein Leben?

Der dritte Ehemann war mein bereits erwähnter Stiefvater. Dieser ließ sie, nachdem wir alle aus dem Haus waren, sitzen.

Und nun dies.

Kurze Zeit später schilderte meine Mutter mir die ganze Situation aus ihrer Perspektive:

„Ich war wegen eines vermeintlich harmlosen Leistenbruches ins Krankenkaus gefahren und hätte mir an diesem Morgen nie vorstellen können, was passieren sollte.

Es war ein Morgen wie immer, ich stand um kurz nach acht auf, machte mir eine Tasse Kaffee, aß zwei Toast, einen mit Marmelade, einen mit Honig und setzte mich ins Wohnzimmer.

Die Losung an diesem Tag lautete:

'Herr, mein Gott, als ich zu dir schrie, machtest du mich gesund'.

Na, das ist doch mal ein Wort und eine Hoffnung für alle Kranken. Und mein Leistenbruch ist doch ein Klacks für ihn.

Naja, etwas mulmig war mir schon. Krankenhäuser gehörten jetzt nicht zu meinen Lieblingsplätzen, aber da ein Bekannter dort arbeitete und es ja eh nur eine Routinegeschichte war, was solls, wird schon alles gut gehen.

Ich machte mich fertig und verließ das Haus, ein schöner Morgen und endlich mal etwas Sonne.

Ach, wie Mut machend. Die Straßen waren frei und so saß ich keine zwanzig Minuten später in der Aufnahme."

„Guten Morgen, dann kommen Sie mal rein."

Ich schilderte mein Ziehen im Unterleib und der Arzt untersuchte den vermeidlichen Schmerzauslöser via Ultraschall.

„Nein, nein da sind Sie falsch, ich bin wegen Verdacht auf Leistenbruch hier, Magen und Leber sind okay", erinnerte ich den Arzt an meine mitgebrachte und selbstgestellte Diagnose.

Und dann kam ein Satz, der mich aufhorchen ließ; als ehemalige Krankenschwester ist man da noch sensibilisiert:

„Komisch, als ich gerade zufällig die Leber auf dem Monitor hatte, waren dort seltsame Schatten zu sehen, die sollten Sie auf jeden Fall untersuchen lassen, einen Leistenbruch kann ich nämlich nicht feststellen."

Nun ging es Schlag auf Schlag, ich wurde in die nächste Abteilung geschickt und ich machte mich darauf gefasst, dass ich das Krankenhaus heute nicht mehr verlassen würde, da mehrere Untersuchungen anstanden.

Man schleppte mich zum CT, machte ein MRT und versuchte alles Mögliche, um herauszufinden, was mit mir sein könnte. Die Nacht schlief ich unruhig und fragte mich, was es nur sein könnte. Am nächsten Tag dann eine Biopsie und ein erster Verdacht: Leberkrebs.

Ich war geschockt, wie konnte das sein, was war passiert, ich war doch wegen etwas ganz anderem hier? Die quälende Frage wurde zwei Tage später beant-

43

wortet: bösartiger Krebs, nicht operabel.

Die Diagnose und Chemotherapie-Vorschläge hörte ich noch mehr oder weniger und war dann ganz alleine in diesem Zimmer, einem kahlen Zimmer in einer Uniklinik. In einer Stadt, in die ich gerade erst gezogen war, um meinen Vorruhestand mit meinen Kindern und Enkeln zu genießen.

Und nun das.

Eine Welt schien einzustürzen.

Ich schloss die Augen und öffnete sie erst wieder, als es an der Tür klopfte. Auf mein:

„Ja, bitte" wurde die Tür vorsichtig geöffnet und ein mir unbekannter Arzt betrat mein Krankenzimmer.

Er stellte sich an das Fußende meines Bettes und las in meiner Krankenakte, nickte ein paar Mal und sah mich an.

„Okay, dann wollen wir mal schauen."

Er ging zum Waschbecken, füllte eine Schüssel mit Wasser und kam wieder an mein Bett. Ich wusste nicht, was das zu bedeuten hatte und schaute den Arzt fragend an.

„Fragen Sie nicht, zu meiner Behandlung gehört es, dass ich Ihnen die Füße wasche, wenn Sie nichts dagegen haben?"

„Habe ich zwar noch nicht erlebt, aber kein Problem", entgegnete ich.

Das war auf jeden Fall sehr wohltuend, kann ich dir sagen. Während er meine Füße wusch, musterte er mich von Zeit zu Zeit und seine Augen strahlten eine Güte und Liebe aus, wie ich es noch bei keinem anderen Mann gesehen hatte.

Dabei kennt der mich doch gar nicht, dachte ich.

Drei Ehen hatte ich hinter mir, drei Kinder großgezogen, zwei süße Enkelkinder und nun, ja nun hatte ich Krebs.

Verzagtheit wollte sich breit machen und ich schloss die Augen. Warum musste das passieren?

„Warum musste was passieren", fragte der Arzt zurück.

Hmh, komisch hatte ich das nicht nur gedacht?, fragte ich mich innerlich und so sagte ich nur:

„Na, Sie werden ja in meiner Akte gelesen haben, warum ich hier bin."

Und wieder nur dieser Blick voll Güte und Liebe.

Ohne, dass er etwas sagte, sagte er doch alles.

„Aber mein Kind, erkennst du mich denn nicht?

Ich begleite dich seit so langer Zeit und du erkennst mich nicht?

Hast du es nicht bemerkt, als ich deine Füße wusch? Du bist hier nicht alleine.

ICH bin der Anfang und das Ende, ICH bin es, der dich geschaffen hat, ICH bin es der dich wie kein anderer kennt. Ich möchte dir etwas zeigen, bitte schließe deine Augen."

Ich konnte kein Wort sagen, tat was mir gesagt worden war und schloss meine Augen.

Bilder bauten sich vor meinem Inneren Auge auf.

Ein Sturm zog auf, Wolken rasten über den Himmel, überall Blitz und Donner und in der Nähe ein Hügel, ein Hügel mit einem großen Kreuz, das sich am schwarzen Himmel abzeichnete.

An diesem Kreuz hing dieser Arzt und sah mich trotz aller Schmerzen immer noch voller Güte an:

„Mein Kind, das bin ich in meiner schwersten Stunde, verlassen von den Menschen, verlassen von Gott, meinem Vater und mit der Last der ganzen Menschheit auf meinen Schultern.

Mein Kind, ICH hänge hier, damit DU leben darfst. ICH hänge hier und denke an DICH. Alles was du je an Fehlern begangen hast, alles was du an Fehlern begehen wirst, trage ich in diesem Moment für dich. Du musst es nicht tragen. Dir ist ab heute und in alle Ewigkeit vergeben, es zählt nicht mehr.

Ich kenne dich, ich kenne deine Fragen und ich sage dir:

ICH hänge hier für DEINE Krankheit. Dein Krebs mag deinen Körper befallen haben, aber er wird nie dein Herz und deine Seele befallen können, weil ich hier den Preis dafür bezahle.

Du wirst leben und selbst, wenn es eines Tages hier auf der Erde endet, wirst du weiterleben, mit mir und an meiner Seite. Es werden keine Schmerzen, keine Trauer, keine Ängste, Nöte und Sorgen mehr Platz haben. Weil ich jetzt dafür bezahle. Ich gebe mein Leben für deines, weil ich dich über alles liebe.

Du brauchst nichts zu tun, denn du kannst nichts tun. Indem du mich in dein Leben gelassen hast, hast du schon alles getan.

Es ist das Geschenk an dich, meine Liebe für dich und meine Sehnsucht nach Gemeinschaft mit dir, die mich das alles tun lässt.
Und nun vertraue mir; denn ich bin bei dir, egal, was passiert."

Als er den Kopf senkte, wusste ich, was geschah, ER starb für MICH, für meine Krankheit.
Ein tiefer Friede erfüllte mich und ließ mich ab dann nicht mehr los.

Ich öffnete meine Augen und was dann passierte, konnte ich so schnell nicht erfassen.
Ein gewaltiger Windstoß kam durch das offene Fenster und ließ die angelehnte Tür zuknallen, als ich den Blick wieder an mein Fußende richtete, war der Mann, von dem ich dachte, es wäre der Arzt, verschwunden.
Nun wusste ich es besser.

Als ich eine Woche später zur ersten Chemotherapie kam, sah ich ihn noch einmal. Er winkte von weitem herüber und sein Blick traf mich ein weiteres Mal und ich wusste: Egal was passiert, ER wird immer bei mir sein.

So erzählte es mir meine Mutter nach dem wundervollen Abend mit Laura.

Wie konnte so etwas passieren? Warum jetzt? Gerade war Lauras Vater wieder gesund und nun die nächste Hiobsbotschaft.

Freundschaft

Was in dieser Zeit einfach enorm wichtig war: gute Freunde!
Und Gott sei Dank hatten wir welche.

Die Familie von Laura war immer für uns da und meinem Schwiegervater ging es den Umständen entsprechend recht schnell wieder gut.
Wir verbachten viel Zeit mit Debbie und Andreas, einem Paar, das uns immer wieder spiegelte, sich unsere Probleme anhörte und die versuchten, mit uns durch dick und dünn zu gehen. Herrlich waren unsere Spieleabende, an denen wir stundenlang Karten zockten, Wein tranken: einfach eine gute und zugleich wertvolle Zeit verbrachten.
Wir trafen Menschen, die plötzlich in unser Leben traten, als hätten sie darauf gewartet, uns genau jetzt kennenzulernen, für uns dazusein und uns zu begleiten.
Dazu gehörten Tom und Nina, die eigentlich damals nur unsere Hochzeitsfotos gemacht hatten. Irgendwie fanden wir aber einen Draht zueinander und trafen uns einige Male privat, bis sich eine Freundschaft entwickelte. Wir waren von den Socken, als sie uns dann eines Tages fragten, ob wir auf ihre kleine private Hochzeitsfeier kommen und den Part der Trauung übernehmen würden. Begeistert sagten wir zu und fühlten uns echt geehrt.

Was für ein Vorrecht, ein junges Paar in den Stand der Ehe zu begleiten.

Was sahen diese Menschen in Laura und mir, fragten wir uns immer wieder?

Irgendwie schien unsere Liebe für andere erkennbar und ansteckend zu sein. Das machte uns immer wieder Mut, an uns und unsere Ehe zu glauben. Und ich wusste, dass mein Vater dort oben uns Dinge und Menschen über den Weg schickte, bei denen wir Unterstützer sein durften, wir aber auch selber immer auftanken konnten.

Und so saßen wir in lauen Sommernächten mit den beiden auf deren Terrasse, grillten, lachten und schauten manchmal stundenlang einfach nur ins Feuer. Welch ein Geschenk doch Freunde sind.

Ich könnte viele weitere Beispiele erzählen von tollen Menschen, denen wir begegnen durften, dazu gehörten definitiv auch Nic und Marco.

Nic war Lauras Kollegin. Nach einem gemeinsamen Pokerabend zum Kennenlernen, trafen wir uns zum Geocachen, einer modernen Schnitzeljagd und tobten nachts mit deren Hund Socke durch den Wald. Manchmal fragt man sich, warum man manchen Menschen nicht schon früher begegnen konnte. Aber alles hat seine Zeit im Leben.

Das Verrückteste passierte uns aber im Urlaub.

Da wir noch keine richtigen Flitterwochen verbracht hatten, entschieden Laura und ich uns für etwas Exotisches und buchten eine kleine, eigens zusammengestellte Rundreise durch Thailand. Für mich war das aufregend und furchterregend zugleich.

Okay, ich kannte Rhodos und ein paar spanische Inseln, aber so weit? Thailand?

Wie waren dort das Essen und die Hotels und wie kam man von A nach B?

Sorgen, die sich als völlig unbegründet herausstellten. Ganz im Gegenteil, es war fantastisch von dem Moment an, als wir die Flughafenhalle verlassen hatten. Zwar traf einen mitten im Februar die 30 Grad schwüle und feuchtgeschwängerte Luft wie eine Keule, aber nach ein paar Tagen war es der Traum - zumal zuhause gerade -15 Grad herrschten.

Die ersten Tage verbrachten wir alleine, erst in einem kleinen Hotel und dann in einer Bambushütte, bei der sich neben den Katzen auch mal eine Schlange durch den Garten schlängelte. Wir genossen die einheimische Küche und probierten uns durch frischgepresste Säfte und sehr scharfe Nudelgerichte in allen Variationen.

Ein Highlight war der frische Fisch, den wir am Valentinstag an einem mit Kerzen beleuchteten Tisch direkt am Strand genossen.

Am nächsten Tag sollte uns die Reise via Fähre von der Insel mitten in der Andamanensee wieder aufs Festland führen. Wir beschlossen noch einen letzten zweistündigen Ausflug an einen Traumstrand zu machen und wussten zu dem Zeitpunkt allerdings noch nicht, dass dieser Spaziergang ein Stück weit unser Leben verändern würde.

Was war passiert?

Laura und ich hatten unsere Sachen gepackt und gingen lautstark diskutierend den schmalen Weg zum Strand entlang. Es ging um so belanglose Dinge wie die Preise eines Restaurants in unserer Heimatstadt, als uns plötzlich jemand ansprach:

„Hey, ihr zwei, wenn ihr euch hier schon lautstark streitet, könnte es auch hier mal passieren, dass man euch versteht."

„Ach du Scheiße", dachte ich bei mir und drehte mich langsam um. Mal sehen welcher deutsche Schlauberger jetzt hier wieder seine Nase in anderer Leute Angelegenheiten stecken musste.

Na klar, das passte: Meister Proper und eine schwarzhaarige Barbie standen vor mir. Beide schienen, der Hautfarbe nach zu urteilen, auch schon seit ein paar Tagen hier zu sein.

„Wir streiten uns nicht, sondern diskutieren", sagte ich.

„Da besteht ein großer Unterschied." Stille.

Ich dachte schon, dass meine schroffe Art sie verschreckt hätte und wir standen uns zu viert eine gefühlte Ewigkeit schweigend gegenüber. Aber statt einfach weiterzugehen, hatte ich die Rechnung ohne den Wirt gemacht. Die nächste Frage schien alles vergessen machen zu wollen und der Mucki-Mann fragte ganz beiläufig:

„Wisst ihr, wie man zum Long Beach kommt?"

Ich wollte eigentlich sagen:

„Weiß ich nicht und wenn ich es wüsste, würde ich es dir nicht sagen", stattdessen hörte ich mich sagen:

„Ja, klar. Wir wollen da auch gerade hin und zeigen euch gerne den Weg."

War ich von allen guten Geistern verlassen? Mein ruhiges gemütliches Sonnenbad mit einem leckeren und kalten Singha Bier verschwamm vor meinen Augen.

Natürlich wollten sie mitkommen und bedankten sich artig. Dann ging das übliche Prozedere los und ich unterhielt mich mit Mr. Glatze und Laura mit Barbies Schwester.

Wo man denn überall schon gewesen war, was man schon besonderes erlebt hatte und zuerst natürlich, wie man hieße und in welchem Hotel man untergebracht wäre.

Sie stellten sich als Anika und Uwe vom Bodensee vor und am Strand angekommen, fragten sie, ob sie sich zu uns gesellen durften. Da wir aufgrund unserer Weiterreise eh nicht vorhatten lange zu bleiben, willigten wir ein.

Wir genossen die Sonne und das klare Wasser und beobachteten die bunten Fische, die uns um die Beine schwammen. Und dann plötzlich brach das Eis als Uwe und ich feststellten das wir nur ca. 30 Kilometer voneinander entfernt aufgewachsen waren. War das auf einmal spannend. „Warst du da schon, kennst du das? Wann warst du das letzte Mal in der Heimat?"

Das musste selbstverständlich mit einem kalten, gemeinsamen Bier und einem Shake für die Ladies begossen werden.

Die zwei Stunden vergingen wie im Flug, dann packten Laura und ich unsere Sachen.

Interessanterweise sollte die Reiseroute der beiden sie genau an den Ort führen, zum dem wir heute schon übergesetzt waren.

Irgendwie war es dann doch komisch, sich zu verabschieden und man tauschte noch schnell die Kontaktdaten aus, um sich gegebenenfalls noch einmal auf dem Festland zu treffen.

Was wir da noch nicht wussten:

Wir würden jeden der letzten zehn Tage mit den beiden verbringen!

Es schien ihnen nämlich ähnlich zu gehen: Man hatte Gefallen an den Gesprächen und dem Beisammensein gefunden, auch wenn es nur ein kurzer Nachmittag an einem belebten Traumstrand in Thailand war.

Und so wollten wir sie nach einigen Mails am nächsten Tag an der Fähre abholen.

Wie es dann so kommt, gab es aber zwei Anleger und wir verpassten uns.

Eine wilde Schreiberei über ein bekanntes soziales Netzwerk brachte uns dann doch kurze Zeit später zusammen. Wie praktisch, dass Laura und ich einen Vierer-Bungalow hatten, bei dem das weitere Schlafzimmer bereits bezahlt war. Uwe und Anika zogen kurzentschlossen einfach bei uns ein und ließen ihre bereits für eine Nacht bezahlte Unterkunft einfach sausen.

Ein großes „Hallo" als würde man gute alte Freunde treffen, spielte sich dann im Eingang zur unserer Ferienanlage ab.

Hatten wir uns am Abend vorher noch über zu laute Gäste beklagt, waren wir vier es nun, die bis in die Nacht redeten, pokerten und lachten. Es war einfach herrlich und irgendwie übernatürlich.

Ich war mir sicher, dass mein Daddy da wieder seine Finger im Spiel hatte.

Wir verbrachten herrliche Tage, mieteten ein Boot samt Fahrer und ließen uns zum Schnorcheln auf die vorgelagerten Inseln fahren, auf der einem auch schon mal ein Affe die Chipstüte stibitzte.

Okay, dass das Wasser eher flach war, vergaß der Guide leider zu sagen, aber ich merkte es dann, als ich mit den Füßen voraus in einen ordentlichen See-

igel sprang, dessen 50cm lange Stacheln sich in meinen Fuß bohrten. Ein bisschen Benzin aus dem Außenbordmotor und ein paar wehleidige Gesichtszüge später lagen wir dann im seichten Wasser und vergaßen zu den Klängen des Soundtracks zum Film „The Beach" alles um uns herum.
Ein perfekter Moment.

In der Gegenwart von anderen Menschen fiel es Laura und mir bedeutend einfacher, nicht an die Schwierigkeiten zu Hause zu denken, an unseren Alltag und meine kranke Mutter. Wir wussten aber auch, dass diese Dinge nicht aus der Welt geschaffen waren und noch Belastungsproben auf uns warteten.
Trotz alledem versuchten wir zu entspannen, den Moment zu genießen und zu konservieren. Die letzten Tage des Urlaubs hatten wir uns in einem kleinen Bungalow Resort auf einer kaum bewohnten Insel ohne Hotelburgen einquartiert.
Das Paradies von Meer, Palmen, Natur und Ruhe direkt vor der Tür.
Mein größter Wunsch war es, die seltenen Nashornvögel zu sehen, die hier leben sollten. Was uns aber als erstes über den Weg lief, waren riesige Echsen, Warane, die direkt im Flusslauf neben unserem Bungalow lebten. Was für ein Anblick, als sei die Zeit stehengeblieben.
Wir lebten in den Tag, lasen in Büchern, quatschten und genossen Land und Leute. An einem Nachmit-

tag, ich lag gerade in Strandnähe in der Hängematte, war es dann soweit. Ich war in Gedanken versunken und sagte Gott nochmal, wie sehr ich mir die Sichtung eines Nashornvogels wünschte, als es plötzlich über mir im Baum raschelte. Vorsichtig blickte ich nach oben und traute meinen Augen kaum. Mit einer Leichtigkeit und Eleganz hüpfte genau der Vogel, auf den ich es abgesehen hatte, in den Ästen umher. Ein wahnsinns Anblick und für mich ein weiterer Beweis, dass mein Vater Wünsche erfüllt, dass ich ihn bitten darf, dass er mich hört und dass er sich auch um so vermeintlich kleine Dinge kümmert.

Irgendwann war der Urlaub aber zu Ende und die Heimreise musste angetreten werden. Wir verabschiedeten uns von unseren Freunden und waren uns alle vier einig: Hier wurde eine Freundschaft fürs Leben geknüpft.

Zu Hause angekommen, erreichte uns der Anruf meiner Familie, dass es meiner Mama schlechter ging und ich so schnell es ginge anreisen sollte. Das Leben hatte uns wieder und zeigte erneut seine hässliche Seite. Freud und Leid liegen oft dicht beieinander, heißt es, das wurde mir jetzt wieder schmerzlich vor Augen geführt.

Die weiße Kutsche

So packte ich also gleich am nächsten Tag meine Koffer erneut und machte mich mit der Bahn auf den Weg zu meiner Mutter. Da Laura auf dem Hof und im Job eingespannt war, fuhr ich vorerst allein und ließ mich aufgrund der Lage krankschreiben.

Während der fünfstündigen Zugfahrt ging mir vieles durch den Kopf. Warum meine Mama? Ich hatte doch schon keinen Vater mehr. Warum wurde Lauras Vater gesund und meine Mutter unter Umständen vielleicht nicht?

Die letzten Wochen seit der Diagnose waren von Chemotherapie und Operationen geprägt, aber die Tumore und Metastasen hatten sich schon stark verbreitet. Hatten wir vor einigen Monaten noch gemeinsam gelacht, unsere Hochzeit gefeiert und sorglos in den Tag gelebt, hatte sich das Bild nun stark verändert. Meine beiden Brüder, zu denen immer mal wieder sporadisch Kontakt bestand, waren bereits vor Ort und weihten mich in den Stand der Dinge ein: inoperable Situation der Leber mit akutem Fortschritt, ohne Aussicht auf Besserung.

Das Leben peitschte mir mit seiner hässlichsten Seite ins Gesicht.

Ich konnte und wollte es nicht glauben.

Ich haderte mit Gott, ich schrie ihn an, ich bettelte ihn an, doch ich bekam keine Antwort.

Und dann war die Stabilität meiner Mutter gerade soweit hergestellt, dass ich sie im Hospiz besuchen durfte. Der Anblick ließ mich zurückwanken:

Wo war meine Mutter? Die von der Krankheit gezeichnete Dame dort im Bett sollte sie sein? Die lebensfrohe Mitsechzigerin, die für jeden Spaß zu haben war und selbst von meinen Cousins geschätzt und geliebt wurde?

Die Frau, die dort zwischen Blumen und Teddys, zwischen Fotos und medizinischen Apparaturen lag: Das soll meine Mutter sein?

Langsam ging ich auf ihr Bett zu. Als sie mich kommen hörte, drehte sie ihren Kopf und strahlte mich an:

„Ben, mein Junge da bist du ja."

„Hallo Mama, was machst du denn für Sachen? Du sollst doch wieder gesund werden", sprach ich in leisen Worten in ihre Richtung.

Sie machte mir deutlich, dass ich mich an ihr Bett setzen sollte und ich nahm ihre Hand. Wir schwiegen einfach und sahen uns lange in die Augen, bis uns beiden langsam die Tränen hinunterkullerten. In diesem Moment wusste ich mit eiskalter Gewissheit: Die letzten Tage meiner Mutter waren angebrochen und ich würde sie verlieren.

Sie erzählte mir von den Chemos, von der Übelkeit, den kräftezehrenden Medikamenten und dem Ziehen im Bauchraum. Immer wieder musste sie erschöpft innehalten. Ich hörte ihr still zu und mein Herz wurde immer schwerer. Ich konnte und wollte nicht akzeptieren, was ich hörte: Das konnte einfach nicht der Plan eines liebenden Gottes sein, so dachte ich.

Nach einigen Stunden schlief sie einfach neben mir ein und ich hörte ihren leisen Atem, flach und angestrengt. Ich stand leise auf und verließ das Zimmer. Ich sprach mit meinen Geschwistern über die Situation und wir kontaktierten die Schwestern und Ärzte des Hospizes. Niemand wollte und konnte uns Hoffnung machen. Die Medikation wurde von Tag zu Tag gesteigert und es würde nur noch wenige Tage dauern, bis sie in einen Dauer-Trance-Zustand fallen würde.

Ich musste der Situation entfliehen, schnappte mir eine Flasche Wein und ging in den Wald.

Ich musste allein sein, wollte vergessen, verdrängen, mir den Schmerz wegtrinken, es war mir egal.

Erst langsam und in kleinen Schlucken trank ich den Wein, der meine Kehle hinabbrann und meine Gedanken löste. Ich trank schneller und hastiger, bis die Flasche leer war. Ich wollte diese Gefühle, diesen Schmerz nicht ertragen und mich damit auseinandersetzen.

Es darf nicht sein, dass meine Mutter stirbt.

Jeder andere, sogar ich selbst, aber nicht sie: Eine Person voller Liebe, voller Kraft und Barmherzigkeit.

Sie war es, die Verwandtschaft und Freunde an ihrem Krankenbett wieder aufbaute, ihnen Mut und Hoffnung zusprach, obwohl sie es war, die sich in dieser misslichen Lage befand. Was für ein verkehrtes Bild.

Ich legte mich auf den noch warmen Waldboden und schlummerte ein.

Ich träumte wild und sah meine Mutter; sie lief über eine Blumenwiese der Sonne entgegen und schien keine Angst zu haben. Ich schrie:

„Mama, bleib hier, verlass uns nicht."

Sie drehte sich um und kam zu mir:

„Aber mein Junge, da wo ich hingehe, geht es mir viel besser, dort habe ich keine Schmerzen mehr, dort herrscht kein Leid, keine Sorgen und es gibt keinen Krebs mehr. Meine Zeit ist gekommen. Lass mich gehen.

Ich gehe doch nur voraus und warte auf euch.

Weine nicht um mich, Ben. Freue dich, dass es mir dort wieder gut geht.

Lebe und lache, mach Laura glücklich und sorge dich nicht. Ich werde euch zusehen von dort, wo ich hingehe.

Mein Vater, den auch du kennenlernen durftest, wartet auf mich, er sehnt sich nach mir und breitet seine Arme aus.

Bald schon sehe ich ihn wieder mein Sohn, bald schon..."

Dann verschwand sie in der Sonne und ich wachte von einem Kitzeln an der Nase auf.

Ein kleiner Waldkäfer krabbelte mir über mein Gesicht. Ich setzte mich auf, sah die leere Flasche und dachte über meinen Traum nach.

War das mein Rausch gewesen, eine Phantasie oder war da was dran? Geht es ihr nach dem Tod vielleicht wirklich besser, ohne Schmerzen, ohne Leid? Aber was war mit uns? Hatte ich das Recht Gott anzuklagen? Waren wir seine Geschöpfe, war es seine Welt, seine Zeit und Stunde, zu der er Leben schenkt oder eben auch Tod?

Ich machte mich auf den Heimweg und versuchte alle meine Gedanken zu sortieren.

In den nächsten Tagen passierten erstaunliche Dinge.

Mama ließ jeden ihrer Söhne rufen und segnete uns einzeln. Ich fühlte mich an meine Kindheit erinnert, als ich an ihrem Bett saß, sie meinen Kopf in ihre abgemagerten Hände nahm und leise betete:

„Der Herr segne dich und behüte dich. Der Herr lasse sein Angesicht leuchten über dir und sei dir gnädig. Der Herr erhebe sein Angesicht über dich und gebe dir Frieden!"

Mir liefen die Tränen bei diesem Segen, der mir so vertraut und tröstlich war und der in diesem Moment des Schmerzes meinem Herzen und meiner Seele so gut tat.

Gott bereitete auch mich vor. Er gab mir Frieden, Trost und die Gewissheit, dass der Tod nur der Anfang war: Das Beste sollte noch kommen.

Ich hörte einmal eine Geschichte, in der eine alte Dame, die an Gott glaubte, mit einem Dessertlöffel in ihrer Hand beerdigt werden wollte.

Man fragte sie:

„Gute Frau, warum um alles in der Welt möchten Sie mit einem Löffel beerdigt werden?"

Daraufhin strahlte die Dame und antworte:

„Wissen Sie, es ist ganz einfach: Ich habe in den letzten Jahren in einem Altenheim gewohnt und immer, wenn ich an den Mittagstisch kam, habe ich zuerst geschaut, ob ein kleiner Dessertlöffel an meinem Platz liegt. Wenn dem so war, habe ich gewusst: Es gibt einen Nachtisch und das war das Beste an der ganzen Mahlzeit für mich. Wenn ich sterbe, nehme ich den Löffel in die Hand und gehe in die Ewigkeit, mit der Gewissheit: Das Beste kommt jetzt noch!"

Eine Freundin meiner Mutter erzählte uns in diesen Tagen davon, dass sie in dem Einzelzimmer meiner Mutter zwei Engel gesehen hatte, wobei einer davon eine Art Stab mit einer Laterne daran in der Hand hielt.

Das war tröstlich und, ja, eigentlich schon verrückt genug. Wir machten aber die Probe aufs Exempel und fragten unsere sechs- und achtjährigen Neffen, ob sie in dem Raum von Oma noch jemanden sehen würden; denn in der Bibel heißt es, dass Kinder immer noch einen unverfälschteren Blick auf die Dinge hätten.

Ihre Antwort brachte Gänsehaut zutage:

„Aber klar sind hier noch Leute, der eine an der Terassentür, der andere an der Zimmertür, der hat auch noch so einen Stab mit was dran in der Hand."

Die Gewissheit war da: Das war kein Zufall!

Wir rechneten nun an jedem Tag mit dem entscheidenden Anruf.

Wir besuchten Mama zweimal am Tag und hielten ihre Hand, sie war sehr schwach und sah häufig an uns vorbei, sprach nur noch sehr selten.

An einem Tag überraschte sie uns dann doch noch.

Mein Bruder und ich gingen nach dem Besuch Richtung Zimmertür und verabschiedeten uns aus Gewohnheit laut mit einem:

„Ciao, Mom."

Normalerweise kam seit Tagen keine Antwort mehr.

Doch an diesem Tage vernahmen wir beide das Gleiche:

„Ja, Ciao."

Wir guckten uns verdutzt an und eilten nochmal ans Bett um sie erneut anzusprechen.

Nichts.

Es war, als schliefe sie bereits wieder.

„Ja, Ciao" waren die letzten Worte, die sie zu uns sprach.

Ihre Art der Verabschiedung und der Eintritt in das Reich ihres Vaters, der sie mit offenen Armen erwartete und ihren Schmerz nahm:

Er, der ihre menschliche, krebserschütterte Hülle abgestreift, ihre Schmerzen weggenommen und ihr einen unvergänglichen Körper gegeben hatte.

Sie war beim Dessert angekommen, beim besten Akt des neuen Lebens.

Wir erfuhren mitten in der Nacht davon, nachdem wir am Abend noch an ihrem Bett gesessen hatten.

Laura war inzwischen auch angereist und wir schliefen bereits.

Plötzlich stand mein Bruder in der Tür und ich wusste erst nicht, was das zu bedeuten hatte.

Als er sagte, dass gerade ein Anruf aus dem Krankenhaus gekommen war, wusste ich es:

Mom hatte zum letzten Mal „Ciao" gesagt.

Wir fuhren direkt los und verabschiedeten uns als Geschwister noch einmal am Totenbett.

Unsere Mama war nicht mehr da, lediglich ihre kalte Hülle lag im Bett vor uns.

Die Atmosphäre im Zimmer war verlassen.

Die Pfleger und Ärzte hatten in den letzten Tagen immer wieder von dieser Aura in ihrem Zimmer erzählt; von diesem tiefen Frieden und der Entspannung, die von meiner Mutter ausgingen.

Sie hatte das Leben hier einfach losgelassen und sich auf das neue Leben gefreut. Ich wusste, dass es das Beste für sie war und so konnte ich sie gehen lassen. Es war zwar schwer, es zu akzeptieren und zu verarbeiten, aber ich wusste für sie gab es jetzt nur noch Nachtisch.

Später erzählte uns eine Freundin unserer Mutter, die an jedem ihrer letzten Tage an ihrer Seite war, noch Folgendes:
„Eure Mutter fragte mich gut eine Woche vor ihrem Tod plötzlich im Halbschlaf, ob ich auch diese weiße Kutsche sehen würde.
Verblüfft fragte ich nach:
Nein, was denn für eine weiße Kutsche?
Na, die Kutsche mit den vier weißen Pferden vorweg."
Ihre Freundin konnte nicht sehen, was meine Mutter bereits sah:
die Vorbereitungen ihrer Heimholung, das Abholen der Braut, die ihren Vater im Himmel trifft.
Eine Hochzeitskutsche, die ihr persönlich geschickt worden war, um sie dorthin zu bringen, wo es keine Schmerzen mehr gab.
Ihre Freundin traute ihren Ohren nicht und dachte, meine Mutter würde phantasieren.
Also sprach sie sie in den nächsten Tagen nochmal darauf an:
„Und was macht die weiße Kutsche, ist sie noch da?"

Und in einer Selbstverständlichkeit flüsterte meine Mutter:

„Na klar ist die noch da, sie steht vor dem Zimmer und wartet auf mich."

Ihre Augen waren schwach und matt geworden in dieser Welt, aber in der neuen Welt, in die sie hinübertrat, sah sie jetzt schon klar und deutlich, was sie erwartete und so konnte sie in der Gewissheit gehen: Ich werde erwartet und meine weiße Kutsche steht bereit, um mich heimzubringen.

Abschied

Wenige Tage später, nachdem alles organisiert war, fand die Beerdigung mit Familie und Freunden statt. Aus dem ganzen Land waren sie gekommen, um meiner Mutter die letzte Ehre zu erweisen.

Der Pastor predigte die Worte, die meine Mutter sich gewünscht hatte und die Tränen flossen in Strömen, als der braune Sarg mit dem Rosengesteck vor uns stand. Unsere Oma traf es wohl am meisten.

Ihre älteste Tochter ging vor ihr: das war nicht der normale Lauf der Dinge.

Als die Türen der Kapelle sich öffneten und die Sargträger hereinkamen, traf ein Sonnenstrahl den Sarg meiner Mutter.

Sie war also zuhause angekommen und beobachtete alles aus der Nähe.

Wir waren damit beschäftigt, zu trösten und geröstet zu werden und ich war froh, Laura in diesen Stunden an meiner Seite zu haben.

Sie gab mir Halt, als es mich am Grab übermannte und ich meinen Tränen endlich freien Lauf lassen konnte. Ich flüsterte leise:

„Die Erde für den alten Körper, der vergangen ist, und die Rosenblüte für das neue Leben in aller Fülle. Ciao, Mom."

Das Rasengrab, das sie ausgesucht hatte, lag in einer

ruhigen und abgeschiedenen Ecke des parkähnlichen Friedhofes und über der Wiese spielte sich ein Schauspiel ab, das ich nie vergessen werde.

Es surrte und summte, als unzählige Libellen über uns schwebten und ihre Bahnen zogen.

Diese Gleiter der Lüfte sollten mir in Zukunft noch öfter begegnen.

Die nächsten Tage liefen ab wie an einem Fließband. Es wurde organisiert, Dankeskarten verschickt, Papierkram erledigt, zwischendurch gegessen und geschlafen. Wir schwiegen viel und ab und an weinte jemand: eine Situation, die man einfach nicht kannte und trotzdem waren der Körper und der Geist in der Lage zu funktionieren.

Kinderträume

Einige Tage später mussten Laura und ich dann Abschied nehmen von der Familie und von Freunden, um in unser Leben zurückzukehren, in dem auch vieles ungeklärt zurückgelassen war.

Als die Tür ins Schloss fiel und wir alles ausgepackt hatten, schienen die Streitereien förmlich noch greifbar in den Zimmern zu schweben. Als ich auf die Terrasse trat, fand ich noch eine leere Weinflasche, die von unserem Versöhnungsabend übriggeblieben war.

Unwillkürlich musste ich grinsen. Das wäre ein Abend nach Mamas Geschmack gewesen: Laura und ich in trauter Zweisamkeit.

Ich ging wieder rein und setzte mich zu Laura auf die Couch:

„So, mein Herz, nun ist der Alltag wieder da; und wie geht es nun mit uns weiter?"

„Ach Ben, es ist gerade so viel passiert und du willst über uns reden?"

„Meinst du nicht, dass wir ein paar Dinge klären müssen, um die Weichen für die Zukunft zu stellen?"

„Ben, du weißt, was ich mir wünsche: deine ungeteilte Aufmerksamkeit, deine Liebe und..."

„Was und?", fragte ich mit einer Vorahnung, die mich beschlich.

„Naja, wenn ein Leben die Erde verlässt, meinst du nicht, dass es an der Zeit ist, ein Neues zu planen?"

„Du möchtest ein Kind?", fragte ich lauter und in schrofferem Ton als beabsichtigt.

„Naja, ich dachte nur", kam es kleinlaut zurück.

„Aber wenn du noch nicht soweit bist, warten wir einfach noch."

Konnte man für ein Kind bereit sein? Konnte man eine Verantwortung für ein so kleines Lebewesen übernehmen, das völlig abhängig von deiner Liebe und Gunst ist?

Meine Gedanken kreisten. Jetzt sollte ich bloß nichts Falsches sagen; das hatte ich von Freunden gehört, die schon in die übelsten Fettnäpfchen getreten waren und mit Strafen wie Sexentzug oder Ähnlichem belegt worden waren.

„Laura, ich finde es normal und gut, dass du dir Gedanken über unsere Zukunft machst, aber meinst du wirklich, wir sind schon bereit dafür? Bei allen Problemen, die wir miteinander haben? Ein Kind sollte doch nie ein Grund sein, die Beziehung zu beleben oder zu festigen, das ist bei vielen schon mächtig schief gegangen."

Ich sah die Enttäuschung in ihren Augen, die Traurigkeit über meine Antwort. Ich hatte nicht die richtigen Worte getroffen.

Oder war es mein Tonfall?

Ich versuchte sie in den Arm zu nehmen, aber sie entzog sich mir und verließ langsam das Zimmer.

Kennt ihr das Sprichwort vom Elefanten im Porzellanladen?

So fühlte ich mich. Als hätte ich den Moment der Zweisamkeit und der Offenheit durch meine Art wieder im Keim erstickt.

War ich bereit, Vater zu werden?

Ich wusste es einfach nicht.

Aber, dass ein Abschied auch immer ein Neuanfang sein könnte, das wusste ich und so nahm ich den Gedanken mit in meine Träume.

Mitten in der Nacht wachte ich schweißgebadet auf.

Ich saß aufrecht im Bett und atmete tief ein und aus.

Ich hatte geträumt: von meiner Mutter, von Kindern, von Laura und ihren Wünschen.

Ich fühlte mich nicht nur im Traum überfordert.

Waren wir das Ganze zu schnell angegangen? War der nächste Schritt schon dran oder musste man einen Schritt zurückgehen?

Ich wusste mir nach diesem Traum auch keinen Rat.

Ich stand auf und trank ein Glas Wasser.

Was war nur los mit mir?

Ich musste erneut mit Laura sprechen und hatte mich zu einer Entscheidung durchgerungen.

Am nächsten Morgen ergab sich die passende Gelegenheit beim Frühstück.

Vorsichtig versuchte ich den Faden des Vorabends nochmal aufzunehmen:

„Laura, hör mal, ich habe mir über unser gestriges Gespräch nochmal Gedanken gemacht und entschuldige mich für meinen Ton. Ich weiß, dass das Thema Kinderwunsch bei einer Frau immer ein wichtiger und sensibler Punkt ist. Ich wollte dich mit meiner Antwort nicht verletzen.

Ich kann es mir nur noch nicht recht vorstellen wie es ist, Vater zu sein. Ich glaube, es ist eine wunderbare Erfahrung, aber auch eine krasse Herausforderung. Wenn du es dir wirklich so sehr wünschst: Lass es uns versuchen."

Mehr konnte ich nicht sagen, denn im nächsten Moment fiel Laura mir um den Hals.

Mit Tränen in den Augen blickte sie mich an:

„Ben, das ist ja wundervoll. Ich habe zu Gott gebetet, dass er dich bereit macht und dir im Traum begegnet und jetzt kommt dieser Sinneswandel - nur einen Tag später."

Ich musste in mich hineinschmunzeln.

Ja, ich hatte geträumt. Was das für ein Kampf war. Aber dazu schwieg ich lieber, um die aufgekommene Freude nicht wieder zu trüben.

„Gott weiß, wann der richtige Zeitpunkt ist, wir probieren es jetzt und dann schauen wir mal", sagte ich und versuchte ein Lächeln.

„Ben, ich habe schon so viele Ideen, also wenn es ein Junge wird..."

„Moment", unterbrach ich sie.

„Laura, ein Schritt nach dem anderen."

Es war typisch meine Frau.

Ich gab ihr den kleinen Finger und ehe ich mich versah, riss sie am ganzen Arm.

Ich wusste was kommen würde: die nächsten Wochen und Monate würden Kindernamen überlegt werden, virtuelle Kinderzimmer am Computer zusammengestellt, Bücher bestellt und alles gelesen, was Freundinnen, denen sie unsere Entscheidung garantiert mitteilen würde, ihr anschleppen würden.

Auf was für ein Abenteuer hatte ich mich da eingelassen?

Nicht drüber nachdenken, sagte ich mir.

Es sollte schwieriger werden als ich dachte.

Kinder kriegen hört sich immer so leicht an. Man hat Sex, schwupp ist die Frau schwanger und neun Monate später steht die Baby-Party an.

Tja, falsch gedacht.

Es wurde kompliziert und frustrierend, denn nichts geschah!

Was lief falsch?

Ich meine, wir waren mittlerweile schon so weit, dass ein Computerprogramm unser Sexleben bestimmte und wann Lauras fruchtbare Tage waren, fand ich schnell heraus.

Das waren die Tage an denen ich mehr als einmal ins Schlafzimmer gezerrt wurde.

Hieß Elternwerden Schwerstarbeit, Stress, gegenseitige Schuldzuweisungen?

Ja, diese blieben nicht aus, denn irgendwann fragten wir uns dann schon, woran und vielmehr, an wem es liegen könnte.

Aber, als ich gerade soweit war, einen Arzttermin zu machen, um meine kleinen Freunde untersuchen zu lassen, geschah es!

Das ersehnte Wunder.

Laura fühlte sich seit Tagen „komisch", ihre Brüste schwollen an, sie aß Gurken mit Nutella und wechselte schneller ihre Laune, als ich bis drei zählen konnte.

Nur ja nichts falsch machen, Ben, dachte ich mir.

Also besprachen wir in aller Ruhe wann es an der Zeit wäre, einen Schwangerschaftstest zu machen oder ob man direkt einen Frauenarzttermin machen sollte. Wir lasen Erfahrungen von anderen Schwangeren im Frühstadium und fragten über verschlüsselte Botschaften bei Freunden und Bekannten nach.

Dann war die Zeit für den Test endlich gekommen.

Wir konnten es in diesem Moment nicht glauben und so folgte ein zweiter Test: Schwanger!

Die Freude war bei beiden riesengroß, aber immer wieder schwangen auch eine gewisse Skepsis und Angst mit. Wir hatten ja schon soviel gehört.

Die nächsten Tage waren aufregend. Sollten wir die Familie schon einweihen?

Wann sollte wir den Arzt zur Bestätigung aufsuchen und was galt es jetzt zu beachten?

Ich versuchte Laura so gut es ging zu schonen, wir gingen weiter normal zur Arbeit und abends sprachen wir darüber, wie es weitergehen sollte.

Bis Laura eines Abends vor mit stand und mich mit großen Augen ansah:

„Ben, ich glaube es ist nicht mehr da."

„Was ist nicht mehr da?", fragte ich voller Angst in der Stimme.

„Naja, ich glaube das Baby. Ich hatte heute auf einmal starke Schmerzen und Blutungen und jetzt bin ich mir fast sicher, dass es das war."

Sie wirkte erschöpft und traurig zugleich. Ich nahm sie in den Arm und wusste nicht, was ich sagen sollte. Ich dachte an meinen Traum.

War ich doch nicht bereit gewesen, hatte Gott etwas mit der Sache zu tun?

Wie sollte ich jetzt reagieren?

Ich wusste es nicht und hielt Laura einfach lange im Arm, streichelte sie, streichelte ihren Bauch und sah sie dann direkt an:

„Weißt du, mein Schatz, ich denke, dass Gott den passenden Zeitpunkt kennt, an dem wir Eltern werden sollten. Ich habe zwar noch nicht die leiseste Ahnung, wann das sein wird, denke aber, dass ER es weiß. Ich denke, wir sollten jetzt gemeinsam zu deinem Arzt fahren und uns Gewissheit verschaffen."

Dankbar versuchte sie mich anzulächeln, aber ich sah den Schmerz in ihren Augen.

Der Arzt stellte das fest, was wir vermutet hatten, eine begonnene Schwangerschaft bei der sich die Eizelle aber nicht richtig einnisten konnte. Zum Glück war kein weiterer Eingriff nötig und wir konnten direkt wieder nach Haus fahren.

Wir saßen noch lange schweigend beisammen, tranken Tee und schauten dem niederbrennenden Feuer im Kamin zu.

Versuchungen

In den nächsten Wochen wussten wir nicht so recht, wie wir mit dem Thema umgehen sollten und umschifften es in unseren Gesprächen immer wieder. Wir brauchten Zeit, gemeinsam, aber auch allein und so entschied ich an einem Wochenende, einen Kumpel zu besuchen, der ein paar Hundert Kilometer weg wohnte und den ich länger nicht gesehen hatte.

Es war eine große Wiedersehensfreude und nachdem wir lecker zu Abend gegessen hatten und uns auf den neuesten Stand unserer Beziehungen gebracht hatten, wollten wir endlich mal wieder zusammen feiern gehen.

Laura und ich machten so etwas selten. Meist machten wir „Pärchen-Sachen" und gingen spazieren, kochten oder gingen essen und schauten abends mehr oder weniger spannende oder interessante Filme.

Heute sollte es mal wieder auf die Piste gehen. Bewusst hatten wir uns nicht für unser altes „Jagdrevier" entschieden, man wollte einen unbeschwerten Abend verbringen und nicht noch irgendwelchen Ex-Freundinnen begegnen.

Wir tranken schon seit dem Abendessen ordentlich und die eine oder andere Flasche Rotwein rann unsere Kehlen hinunter.

Wir lachten und hörten Elektro-Swing, der als Musikstil gerade groß im Kommen war.

Wir zogen unsere Skinny Jeans an, dazu ein Hemd und braune Lederschuhe und fachsimpelten über nachhaltige Labels wie Nudi Jeans. Haare gestylt und ab ging es mit dem Taxi in den angesagtesten Laden der Region. Früher fuhr man Fahrrad und trank Dosenbier.

Das Niveau hatte sich gehoben, der Effekt war der gleiche: Angetrunken betraten wir den Laden und schon kurze Zeit später bewegte man sich zwischen hunderten zuckenden Leibern mehr oder weniger im Takt der Musik.

Wir lachten und spackten mal wieder richtig ab.

Irgendwann vergisst man die Welt um sich herum und denkt für einen Moment, dass alles wieder in Ordnung ist. Die Sorgen der Beziehung sind weit weg.

Nach zwei Stunden ging ich Luft schnappen und schaute in den Abendhimmel, als mich plötzlich jemand von hinten anstupste:

„Na, wenn das nicht der kleine Ben ist."

Ich kannte die Stimme, aber als ich mich umdrehte, musste ich trotzdem zweimal hinschauen.

„Jenny?", war das einzige, was ich rausbrachte.

„Ja, wer denn sonst? Erkennst du mich etwa nicht mehr?", fragte sie und schüttelte lachend ihre blonde Mähne.

Sehr witzig, dachte ich mir.

Wie könnte ich Jenny vergessen haben? Sie hatte mir mein Herz gebrochen.

Ich weiß nicht, ob ich einmal mehr nach dem Ende einer Beziehung gelitten hatte.

Warum bitte musste ich ihr heute hier begegnen?

Dafür waren wir doch extra in einen entfernteren Laden gefahren.

„Jenny, Mensch was für eine Überraschung. Was machst du denn hier?", fragte ich, immer noch vollständig aus dem Konzept gebracht.

„Das Gleiche wollte ich dich fragen. Ich bin vor einigen Jahren hergezogen. Und du besuchst mal wieder Markus?"

„Äh, ja genau. Haben uns lange nicht gesehen und es war mal wieder Zeit, die alten Zeiten aufleben zu lassen."

Die alten Zeiten aufleben zu lassen?

Was redete ich da eigentlich? Ich war verwirrt. Mein Kopf drehte sich.

War es der Wein, die kalte klare Luft oder die unerwartete Begegnung mit meiner Jugendliebe?

Aus dem Mädchen von nebenan war quasi über die Jahre eine richtig hübsche junge Dame geworden.

Das war zumindest das, was ich mir einreden wollte.

Meine Gedanken lauteten anders:

Verdammte Scheiße, wie geil bitte sieht sie denn aus? Geh mir aus den Augen oder ich falle dich an, du blonder männerfressender Vampir.

„So, was ist los, willst du hier Wurzeln schlagen oder darf ich dich drinnen auf ein Bier einladen?", fragte sie mit ihrer Unschuldsmiene.

Mich auf ein Bier einladen? Der Spruch zog immer und lachend gingen wir Richtung Theke.

Als sie vor mir ging, konnte ich nicht anders und musterte sie von oben bis unten:

knallrote Stöckelschuhe, hautenge Jeans, ein fließendes Seidenoberteil ohne Ärmel und am Rücken verboten tief ausgeschnitten. Genauso „vorneherum". Man sah deutlich, dass sie erwachsen geworden war. Schwer konnte ich meinen Blick losreißen und grinste sie verschmitzt an.

„Na, dann Prosit. Auf was wollen wir trinken?", fragte sie und wartete wohl darauf, dass ich etwas sagte. Tat ich aber nicht.

Zum einen, weil ich nichts rausbekam und zum anderen, weil ich definitiv nicht auf alte Zeiten anstoßen wollte.

„Ben? Naja, also auf den Abend."

„Ja, genau. Auf den Abend."

Das konnte doch jetzt alles nicht wahr sein, oder?

Als ich ihr makelloses Gesicht musterte, ihre perfekt sitzenden Haare sah und ihr Duft zu mir rüber zog, verspürte ich plötzlich den Drang, sie an mich zu ziehen und sie zu küssen.

Gott sei Dank kam Markus in dem Moment um die Ecke.

„Ach, hier bist du, habe dich schon überall gesucht."

„Ach ne, wen haben wir denn da? Hi, Jenny."

„Hi Markus, na was macht die Kunst? Ich hoffe es ist okay, dass ich mir Ben für ein Bier ausgeliehen habe?"

„Na, wenn es beim Bier bleibt und du ihn danach wieder unversehrt ablieferst."

Der Ton war scharfzüngig.

Markus kannte Jenny genau und wusste, was sie damals mit mir abgezogen hatte. Er wusste alles und kannte sowieso alle meine Ex-Freundinnen.

Und vergessen hatte er nichts.

Jenny grinste schief und sichtlich peinlich berührt, fing sich aber schnell wieder:

„Jawohl, nach einem Bier!"

Ohne ein weiteres Wort, wohl aber mit einem warnenden Blick in meine Richtung, zog Markus wieder los. Ich wusste, was der Blick hieß und er bedurfte auch keiner Worte.

Er signalisierte mir:

Ben, pass auf. Ja, sie ist heiß, aber sei vorsichtig, du hast dich schon einmal an ihr verbrannt.

Er hatte ja recht, aber Alkohol und schöne Frauen sind keine gute Kombination.

Trotzdem versuchte ich in unserem Gespräch über die letzten Jahre wie beiläufig fallen zu lassen, dass ich nun verheiratet wäre.

„Ach, wer ist denn die Glückliche?", kam es etwas schnippisch zurück.

Oder bildete ich mir das nur ein?

Ich erzählte in den höchsten Tönen von Laura, wie romantisch unser Kennenlernen war und wie toll wir jetzt wohnen würden. Unsere Probleme ließ ich weg, das ging sie nichts an.

„Und selber?", fragte ich mehr aus Höflichkeit und versuchte kein allzu großes Interesse an den Tag zu legen.

„Ach, nichts Festes. Bin vor fünf Monaten von meinem Freund sitzengelassen worden und nun tobe ich mich noch ein bisschen aus."

Fast wäre mir herausgerutscht:

Geschieht dir recht!

Aber ich nickte nur verständnisvoll mit dem Kopf.

Das Bier war eigentlich längst getrunken und krampfhaft hielt ich die Flasche in der Hand.

Ich spürte das Verlangen noch zwei Flaschen zu ordern und das Gespräch fortzuführen, aber ich musste an Laura denken und an Markus. Mein Gewissen meldete sich.

Also versuchte ich meinen Wunsch zu unterdrücken und stand auf.

„Sooo, jetzt muss ich aber zu Markus zurück, sonst lässt der mich gleich noch ausrufen."

„Ja, schade", sagte sie und zog einen Schmollmund.

„Wie lange bist du denn noch hier?" Ohne meine Antwort abzuwarten, schob sie nach:
„Vielleicht können wir ja morgen noch einen Kaffee trinken, wenn wir beide wieder nüchtern sind?"

Ich musste zu lange überlegt haben.
Sie schrieb ihre Nummer auf einen Bierdeckel, schob ihn in meine Hemdtasche, hauchte mir einen Kuss auf die Wange und flüsterte:
„Meld dich einfach, wenn dir danach ist", dann verschwand sie schon halb tanzend in Richtung Tanzfläche.
Ich blieb kurz benebelt stehen und trottete langsam hinterher. Markus fand ich schnell, das war der Vorteil von 1,90 m. Er schaute mich nur kurz an und brüllte mir ins Ohr:
„Und?"
„Ja, nix, und", brüllte ich zurück.
„Ein Bier, wie verabredet und ihre Handynummer", grinste ich.
„Die Alte kann es nicht lassen, oder? Ich schlag dich windelweich, Ben, wenn du sie anrufst."
„Mach dich locker, jetzt machen wir erstmal Party", entgegnete ich und schlug ihm mit der flachen Hand zum Spaß in den Nacken.

Der Abend wurde noch sehr lang und als ich morgens um vier Uhr in das Gästebett stieg, fiel die Telefonnummer aus der Hemdtasche.

Nur ein Kaffee

Ich hob sie auf, setzte mich auf die Bettkante und saß mit starrem und benebeltem Blick einfach so da.

Ich musste an die Zeit mit Jenny denken: den Spaß, den wir hatten, die Streits, ihr „Fremdgehen" in einer unserer Beziehungspausen und all die Höhen und Tiefen, verpackt in eigentlich nur wenige Wochen, aber ausreichend um mich lange, sehr lange, emotional zu beschäftigen.

Ich hatte sie auf der Arbeit kennengelernt. Ich war mit meiner Ausbildung fertig und sie begann die ihre grade, kaum 18 Jahre alt und eben ein süßes Mädchen, dessen Reize mir nicht verborgen blieben.

Ich hätte wissen müssen, dass es zum Scheitern verurteilt war. Ich war drauf und dran meine Heimatstadt wegen eines neuen Jobs zu verlassen und sie eigentlich noch in einer Beziehung. Aber ich konnte es, trotz aller Warnungen von Freunden, nicht lassen. Suchte den Kontakt und die Nähe am Arbeitsplatz, in den Pausen und eines schönen Tages war es dann soweit:

Es war mein Geburtstag, wir gingen spazieren und dann küssten wir uns plötzlich.

Es ging alles so schnell, die Schmetterlinge flogen, wir im Gefühlschaos, mein Umzug in eine andere Stadt vor der Tür und trotzdem wagten wir es. Spannend das heimliche Händchenhalten unter dem

Schreibtisch, als ich ihr meinen Arbeitsbereich vorstellte und wir nebeneinander saßen. Heimliche Treffen im Keller der Firma und gemeinsame Feierabende.

Es ging soweit, dass ich unter der Woche schon fast bei ihr einzog und das, obwohl sie noch bei ihren Eltern wohnte.

Wenn sie anrief, ließ ich alles stehen und liegen und war einfach nur noch im Liebesrausch, selbst als ich meine besten Freunde mit meinem Verhalten vor den Kopf stieß.

Ich würde heute sagen, das passende Wort dafür wäre: hormongesteuert.

So verging die Zeit und ich verzieh ihr alles. Ich wollte diese Beziehung einfach so sehr. Ich klammerte und war stolz, so ein hübsches Mädchen an meiner Seite zu haben.

Dann stand der Umzug an.

Wir wollten es probieren, sagten wir. Es waren ja nur knapp 300 km.

Wie naiv wir doch waren...

So zog ich mit Sack und Pack mitten im Winter um und freute mich an jedem Tag über ihre Nachrichten und den selbstgebastelten Adventskalender, den sie mir zum Abschied noch mitgab.

Ich ahnte einfach nichts.

Wie auch, wenn man kurz zuvor noch einen Ring geschenkt bekommt.

Das musste doch was bedeuten. Ich meine: Hallo? Ein Ring!

Neue Stadt, neue Menschen, neuer Job, aber die Gedanken bei der einen.

So dauerte es keine zwei Wochen: Es zog mich wieder in die Heimat und zu ihr.

Ich merkte schnell, dass etwas nicht stimmte. Sie freute sich zwar, schien aber irgendwie bedrückt.

Wir küssten und liebten uns, dann redeten wir. Sie könne keine Fernbeziehung führen, ihre Ausbildung und Freunde waren ihr zu wichtig um jedes zweite oder dritte Wochenende im Zug zu mir zu verbringen und wie sollte das überhaupt auf Dauer funktionieren?

Kurz zusammengefasst verließ sie mich an diesem Tag.

Ich war untröstlich.

Nun musste ich an allen Ecken und Enden komplett neu anfangen und stand auch noch alleine da. Es wurde ein verdammt harter und tränenreicher Winter. Versuchte ich zu Anfang noch irgendwie Kontakt zu halten, schlief dieser bald ein und auch ich merkte, wie sinnlos unser Unterfangen gewesen war.

Jetzt war sie also wieder da.

Die alte Liebe. Nach zig Jahren. Und lockte.

Das interpretierte ich zumindest so.

Ich meinte, wofür steht denn „Kaffeetrinken" sonst?

Harmlos über das aktuelle Leben plaudern?
Doch vielmehr um alte Geschichten aufzufrischen und dann irgendwo übereinander herzufallen!

Ich nahm mein Handy in die Hand. Sollte ich ihr eine Nachricht schicken und in das Treffen einwilligen? Ich nahm mit einem Wisch die Tastensperre aus dem Telefon und sah zu meinem Erstaunen, dass Laura mir am Abend noch eine SMS geschrieben hatte:
„Mein lieber Ben, genieß den Abend und hab Spaß. Ich freue mich auf dich und liebe dich, deine Laura."
Na wunderbar.
Ich ließ mich rückwärts aufs Bett fallen. Was für ein Timing! Ich konnte Jenny unmöglich jetzt schreiben. Also vertagte ich die Entscheidung und schlief kurz darauf ein.
Ich schlief schlecht, wachte immer wieder auf und musste an die SMS von Laura denken. Was machte ich hier und wie konnte ich überhaupt darüber nachdenken, mich mit einer anderen Frau zu treffen, vor allem nach dem, was diese mir alles angetan hatte.
Im Traum stand ich plötzlich an unserem Hochzeitsstrand, ich sah Laura, wie sie mir in ihrem wunderschönen Hochzeitskleid in der gleißenden Sonne entgegenkam.
Wie sie mich ansah und bis über beide Ohren strahlte. Ich träumte so real, als wäre ich plötzlich noch einmal in dieser Situation.

Aber plötzlich änderte sich mein Blickwinkel und ich betrachtete alles aus einer dritten Perspektive wie von einem Hügel aus.

Dann der mir bekannte warme Wind, er umschloss mich und ließ mich trotz der Wärme schaudern.

Ich wusste, dass Gott in dieser Situation wieder bei mir war und mir die Szene vor Augen hielt, als ich meinen Bund der Ehe schloss. Ich hörte mich „Ja, ich will" sagen und meinen Liebesschwur sprechen.

In dem Moment, als wir uns die Ringe ansteckten, liefen langsam Tränen über mein Gesicht.

Was machte ich hier? Warum bin ich nicht bei meiner Frau, die mich doch in dieser schwierigen Zeit besonders brauchte?

Dann die mir bekannte Stimme:

„Ben, genau das ist es, was ich dir zeigen wollte. Nicht nur deine Verantwortung deiner Frau, mir und euren Familien gegenüber, sondern die Liebe, die zwischen euch besteht und die einfach nur etwas unter dem Alltag und euren Sorgen verschüttet liegt. Grabt, grabt sie einfach wieder aus. Die Liebe ist da. Seht euch an.

Ich habe euch zusammengestellt und die Liebe in euch hineingelegt. Wirf das nicht leichtfertig weg."

Neuanfang

Ich konnte nichts sagen und wusste, dass mein Vater recht hatte.

Da wurde mir klar, was ich tun musste.

Am Morgen wachte ich gerädert auf, aber an meinen im Traum beschlossenen Schritt konnte ich mich bestens erinnern. Die Sonne strahlte ins Zimmer und ich fühlte mich wieder sicher. Sicher, weil ich wieder einmal erfahren hatte, dass Gott zur richtigen Zeit am richtigen Ort war.

Ich wartete nicht einmal bis nach der Dusche. Nein, ich nahm direkt den Zettel mit der Handynummer und verbrannte ihn auf dem Balkon. Ich wollte auch nicht absagen und somit allem aus dem Weg gehen, was es mir vielleicht wieder schwerer machen könnte, mit diesem alten Kapitel abzuschließen.

Beim Kaffee sprachen Markus und ich über den Abend, die Situation und meinen Traum.

Was er mir zu sagen hatte, erstaunte mich:

„Ben, ich lag gestern noch lange wach und habe gebetet, dass Gott dir ein Zeichen schenkt, dass du dir deiner Liebe zu Laura bewusst wirst und du eine klare Entscheidung treffen kannst. Es scheint geholfen zu haben."

„Markus, Freunde wie dich zu haben ist unbeschreiblich, ich danke dir. Und jetzt setz uns noch einen Kaffee auf, ich muss bald fahren. Ich glaube, meine Frau wartet auf mich."

Grinsend stand er auf: „So ist's recht, mein Freund."

Auf der Heimfahrt hatte ich im Zug einige Stunden Zeit und nutzte sie, um meiner Frau ein Gedicht zu schreiben, welches ich ihr am Abend vorlesen wollte. Am Bahnhof angekommen erwartete sie mich schon und wir fielen uns in die Arme, als hätten wir uns nicht nur zwei Tage, sondern monatelang nicht gesehen. Laura flüsterte mir ins Ohr:

„Schön, dass du wieder da bist, mein Mann, du hast mir sehr gefehlt!"

Ich weiß nicht, ob sie die Doppeldeutigkeit in diesen Worten bewusst gewählt hatte, ich aber war gewiss, dass ich nun wieder für sie da war, jetzt und auch in Zukunft. Zuhause las ich ihr dann mein Gedicht vor:

Das muss Liebe sein

Wenn du morgens deine Augen aufschlägst
und mich anschaust,
frisch dem Traum entronnen,
du meine Nähe suchst und dich an mich schmiegst,
weiß ich, was Liebe ist.

Wenn du nach einem harten Arbeitstag
noch einkaufst, wäschst und für mich kochst,
habe ich es oft als selbstverständlich angesehen.
Jetzt weiß ich, dass es Liebe ist.

Wenn ich wieder mal nicht der Freund
und die Schulter war, die du brauchtest,
wenn du traurig warst
und uns dennoch nicht aufgibst,
dann weiß ich, dass es Liebe ist.

Lass mich dein Freund sein, dein Liebhaber,
Beschützer und Seelenverwandter.
Lass mich der Hüter unserer Geheimnisse sein
und dein Fels in der Brandung.

Nichts soll sich je zwischen uns drängen,
noch uns entzweien.
Nichts soll uns vergessen lassen,
was wir uns am Tage der Hochzeit geschworen haben.

Wir wurden eins und haben ein starkes Band,
ein Band das niemals reißen soll.
Wenn einer schwach ist, hilft der andere ihm auf.
Wenn einer vor Freude überschäumt,
ist der andere dabei und feiert mit.

Gemeinsam und nicht alleine,
soll unsere Devise sein.
Gestern, heute und für immer!

Laura lehnte sich an mich und hielt meine Hand ganz fest. Ich merkte ihr leises Schluchzen und drückte sie fest an mich.

„Es tut mir leid, dass ich nicht immer der Mann gewesen bin, den du gebraucht hast, aber glaube mir eines Laura, ich liebe dich und bin für dich da."

„Das weiß ich doch, Ben, das weiß ich doch."

Sie schaute mir tief in die Augen und ich spürte, dass unsere Verbindung wieder da war.

Wir waren wieder ein Team.

In den nächsten Wochen verarbeiteten wir mit Hilfe von Familie und Freunden aber auch mit einer Therapeutin unseren Verlust und beschlossen erneut, Gott den richtigen Zeitpunkt bestimmen zu lassen, ab wann wir nicht mehr zu zweit, sondern zu dritt sein sollten.

Wir waren im Himmel gewesen, hatten den tiefen Fall überlebt: Nun ging es wieder aufwärts, wir wurden zu neuen Höhen getragen.

Epilog

„Ben, kommst du bitte?", rief eine Stimme, die mir bekannt war und doch so weit weg klang.

Ich war eingeschlummert und lag zusammengerollt in der Hängematte, die zwischen den beiden großen Weiden im hinteren Teil unseres Gartens hing.

„Ich komme", rief ich mit schlaftrunkener Stimme zurück.

Langsam stand ich auf und sah über dem Alpenpanorama die Sonne untergehen.

Während ich mich noch streckte, flog auf einmal ein kleiner Kerl heran und sprang mir in die Arme:

„Papa, Papa, schau mal, was ich geschenkt bekommen habe."

Mein Sohn präsentierte mir voller Stolz einen kleinen, weißen Plüschbären.

„Na, dann müssen Onkel Uwe und Tante Anika wohl schon da sein, was?", fragte ich mit einem Augenzwinkern meinen zweijährigen Sohn.

„Ja, komm schnell, wir warten alle auf dich."

„Geh schon mal vor und sag, dass ich gleich da bin."

Ich musste den Moment noch auskosten.

Wir waren angekommen. Wir lebten mittlerweile in der Schweiz, unweit der Alpen und ein herrlicher Sommertag neigte sich dem Ende entgegen.

Langsam ging ich auf unser Haus zu und schloss erst unsere Gäste und dann meine schwangere Frau Laura in die Arme. Gott meinte es gut mit uns, wie immer.

Wir waren es wieder - dem Himmel so nah.

Danke

an meine treuen Leserinnen, Leser und Sponsoren:

Petra Schaffer

Sabrina Scholz

Juliane Austermann

Bea Weber

Carsta Bartels

Katharina Vogel

Sonja Rosio

Astrid Klammer

Claudia Brockmeier

René Laporte

Vreny Baumann

Manuela Döllner

Dani Graf

Gaby Reiff

Cornelia Breitschafter

Lisa Müller

Yvonne Kretzschmar

Nadja Gramberg

Christina Herzer

Micaela Böttcher-Gutbier

Daniel Dördelmann

Sarah Rebecca Bode

Conny Langohr

Winfried Friedel

Vanesa Günther

Kai Meinecke

Katja Demare

Anika und Uwe Kardelke

Bettina Lerch

Andrea Sohns

Gerda Bub

Mona Langschwager

Yvonne Klostermann

Corinne Seitz

Wir glauben, wir sollten Schönheit und Gerechtig-keit in diese Welt tragen. Warum? Weil sie uns entgegengebracht wird, und weil die Welt es nötig hat. Und weil so etwas vermeintlich Triviales wie „shoppen" die Welt verbessern kann - indem man z.B. Unternehmungen unterstützt, die gerecht, nachhaltig und fair arbeiten. Mit unserem Konsum verteilen wir Macht. Wem wir Macht geben, diese Welt zu gestalten, liegt an jedem Konsumenten selbst. Dabei steht „RAL" für „Righteous and Local", gerecht und lokal. Es geht darum, nachhaltiger einzukaufen. Wir wollen sensibilisieren, inspirieren und Gleichgesinnte vernetzen.

Mit Geschenkartikeln, Werbemitteln, aber auch eigenen Produkten und Gebrauchtem. Alles, was wir lieben und selbst benutzen. Immer so fair und nachhaltig wie möglich.